Ingrid Messing

Batavia – Deutschland

Vater – ein Nazi-Spion?

Ingrid Messing

Batavia – Deutschland

Vater – ein Nazi-Spion?

AUTOFIKTIONALER ROMAN

© 2023 Ingrid Messing
3462 Frauendorf an der Au
Austraße 11

Umschlagfotos: © Ingrid Messing
Lektorat, Satz & Layout: Mag. Alexandra Khoss

Herstellung und Verlag:
BoD – Books on Demand, Norderstedt
Erste Auflage 2023

ISBN: 978-3-7578-8712-4

TÜREN

Die Eingangstür ihres Hauses knallte vor ihr zu. Von innen zugeschlagen. Aber es war doch niemand drin. Doris war es, als würde der Knall ihren Brustkorb nach innen drücken. Ihr Körper wollte nicht mehr in Bewegung übergehen. Tür zu. Sie starrte. Die Tür wurde größer, bedrohlich, endgültig.

Sie sah auf ihre glänzenden schwarzen Lackschuhe, ihre weißen Kniestrümpfe. Sie strich über ihr Dirndlkleid von Tanta Klara aus München. Sie fasste noch im Knall nach Vatis Hand, sah dann zu ihm hinauf. Noch lächelte er um den Mund. Nicht um die Augen. Sie ließ ihn los und wartete, bis er nicht mehr um den Mund lächelte, bis er sich umdrehte. Sie fasste seine Hand. Er sah nach unten. Sie auch. Sie zählte leise die Platten bis zum Gartentor, dann die Buchsbaumbüsche, weil Vati so langsam ging. Vati sagte nichts. Mutti am Auto sagte auch nichts. Wieder einmal. Man fuhr zusammen weiter. Zu anderen Holländern. Dahin, wo es mit Sicherheit *koffie met appelgebak* gab.

Doris fixierte die Tür. Ihre Haustür. Durchzug musste die Ursache gewesen sein. Sie dröselte den Zweit-Haustürschlüssel aus dem Geäst der dichten Zuckerfichte neben der Tür und schloss ihr Haus auf. Niemand da. Nur sie. Ein Windzug kam von der hinteren Terrassentür herein. Die Trekking-Sandalen an ihren Füßen hinterließen Schmutzabdrücke auf dem schwarzen, glänzenden Steinfußboden. Ihr Haus sah ganz anders aus als die Häuser damals. Diese weißen Burgen mit hohen ovalen Eingangspforten, den langen Plattenwegen, den Büschen rechts und links neben dem Weg, den schmiedeeisernen Gartentoren. Es gab keine Erinnerung an die Momente vor dem Knall, nur an das lange lange Schweigen der Eltern danach.

Erzähl doch mal, Mutti, von früher, von Batavia, sagte Doris.

Deine Batavia oder mein Batavia? fragte Herta.

Meine Batavia, da weiß ich wirklich alles. Sie kam immer sofort zu mir, wenn ich Batavia gerufen habe. Der Schwanz steil nach oben, so tänzelte sie auf mich zu und schnurrte um meine Beine.

Ja, sagte Herta, ich zeig dir die Fotos von meinem Batavia.

Doris hatte die Fotos schon 100-Mal gesehen. Sie hatte alle neun Fotos schon 900-Mal gesehen. Aber vielleicht erfahre ich heute mal was Neues über Batavia, dachte sie. Herta kam mit ihrem Lieblingsfoto ins Wohnzimmer zurück. Das Kind unterm blühenden Flamboyant-Baum, nannte es Doris insgeheim. Herta legte das Kind auf den Couchtisch: Herta, 17-jährig, Kranz um den Kopf, um älter auszusehen, sehr klein, schrecklich schlank, langer Rock, helle Bluse.

Dass du deine Katze Batavia genannt hast, ist klar, sagte Herta, wir haben wohl immer von Batavia geredet. Einmal hast du zu mir gesagt, ich gehe mit Batavia nach Batavia. Ich habe dir erklärt, du willst zu unserem Batavia, das gibt es nur in der Vergangenheit. Und du hast zu deiner Batavia gesagt, komm, dann gehen wir eben in die Vergangenheit und bist losgezogen Richtung Wald, Batavia hinter dir her.

Ja, ich weiß es noch, sagte Doris.

Herta holte die anderen acht Fotos.

Guck hier, sagte Herta, dein Onkel Jeroen im Tropenanzug mit Helm. – Hier Malayen mit Sarongs und Kabajas. – Gut schmecken die Durians an diesem Marktstand hier. Aber zu Hause auf den Schrank legen und vergessen ...

Das stinkt so abscheulich, der Geruch geht nie wieder weg, wiederholte Doris Hertas zum x-ten Mal erklärenden Worte.

Die Durians, die du mir mitbringst, schmecken und riechen nicht besonders, sagte Herta.

Monika jetzt –, sagte Doris.

Warte, erst noch hier die Rikschas und die Ochsenkarren mit den Reissäcken, sagte Herta, und jetzt deine Tante Hanna mit Monika, die gerade ihre erste Brille bekommen hat.

Monika sah schon als Kind aus wie Monika immer aussah, dachte Doris: groß, massig, linkisch, aber intelligente, warme Augen hinter der damals hässlichen runden Brille und den unvermeidlichen Zöpfen.

Hier bin ich im Bett unterm Moskitonetz, sagte Herta.

Auf der Kabok-Plantage in Buitenzorg, 290 Meter hoch, verhältnismäßig kühl in der Nacht, sagte Doris, ich weiß; ich weiß auch – Doris sah ihre Mutter an – dass es so viele Männer ohne Frauen gab in Batavia, und du hast keinen abgekriegt.

So kann man das nicht ausdrücken, seufzte Herta, es war eben nicht der Richtige dabei.

Dann wäre ich jetzt schon erwachsen: ein bisschen braun wie Barbara, aber hoffentlich nicht braun mit roten Haaren wie Saskia, sagte Doris.

Ein Eingeborener oder ein Halbblut – undenkbar, sagte Herta, ein deutscher Mann hat mal bei Jeroen und Hanna sein

Interesse für mich bekundet, aber ich wollte meinen Beruf ausüben. Beruf und Ehe war nicht denkbar.

Und nach dem Krieg, als es keine Männer gab, da hast du sofort einen gefunden, sagte Doris. Nicht zu fassen!

Wir hatten Batavia zusammen, auch wenn wir uns dort nie begegnet sind.

Doris nimmt das Kind unter dem Flamboyant-Baum auf. Das Flammendrot der Blüten tauchte kurz auf dem Schwarz-weiß-Foto auf, der Haarkranz ihrer Mutter verschwamm zu einem Pelz um den Kopf.

Mama, erzähl doch mal von deiner Abfahrt in Genua nach Batavia, sagte Doris.

Das habe ich doch schon öfters erzählt, sagte Herta.

Ist so schön, sagte Doris, noch einmal, bitte!

Dieses Kind vom Foto hat's gebracht, dachte Doris, Aufbruch mit 17. Doris würde auch gern mit 17 irgendwie so einen Aufbruch hinlegen wollen: ohne Antibiotika, ohne Malariamittel in die Tropen. Aber den Vater nie wiedersehen ...?

Komm raus in den Garten, sagte Doris. Die Sonne schien eigentlich zu warm. Keinen Schatten gab es im Garten. Aber Herta wich doch einer heißen Sonne sowieso nie aus. Doris strebte zur Hollywood-Schaukel, zog die Schuhe aus, stützte ihren Rücken gegen die Seitenlehne des Doppelsitzes, hob ihre Beine und streckte sie über das warme Sitzkissen. Sie schaute den großen Basaltstein an, auf dem sie als Kind ganz früher immer ganz weit weggefahren war. Herta saß hinter Doris' Rücken übers Eck auf dem harten Gartenstuhl.

Erzähl, sagte Doris, 17 Jahr', Genua – Batavia!

Doris blinzelte, bis ihr schließlich die Augen zufielen und das Kinogefühl mit der Großleinwand da war: Herta, 17 Jahre, dunkle glatte Haare, nicht zum Kranz um den Kopf drapiert, sondern frei flatternd im Wind. Wind bewegt das große weiße Männertaschentuch vom kleinen Mann weit weg am Kai. Wind fasst ihren hellen Luftrock, sie ergreift die Reling des Ozeanriesen, muss mit beiden Händen zupacken, kann nicht winken. Hertas Vater. Schwarzer Rauch, das dritte Tuten, der Dampfer atmet tief. Vater. Stocksteif ohne Hut mit dem zu großen Taschentuch. Wasser blau zwischen ihnen, Mittelmeerwasser, Salzwasser noch nicht ganz, das Salz würde mehr werden, wochenlang Salzwasser, Salzwasser und Wellen am Strand von Java. Hertas Vater würde nicht weinen, er hat nie geweint, nicht beim Tod von Hertas Mutter, nicht beim Tod von Hertas erster Stiefmutter. Nachher würde er auf denselben Gleisen wieder zurückfahren. Mathilde würde die Pflege der zweiten Stiefmutter übernehmen, Ziegen und Hühner versorgen, Brote streichen und verteilen. Mathilde würde das besser können. Die Planken zittern, das Männer-taschentuch wird zusammengefaltet. Hertas Hand hebt sich nicht. Sie dreht sich von der Reling weg, Batavia zu: Ba-ta-vi-a. Durch den Suezkanal. Sechs Wochen Schifffahrt. Holländisch lernen, perfekt. Sie würde den Mund besser spitzen, tiefer im Rachen gurgeln. Alles hat sie Jeroen zu verdanken, Hanna auch, doch das Geld kommt von Jeroen. Sie würden alle in Buiten-zorg in den Bergen über Batavia wohnen. Tropenjahre zählen doppelt, hat Jeroen gesagt. Zuhausejahre zählen gar nicht. Ein Esser weniger. In den Kolonien gibt's enorme Zulagen, hat Jeroen gesagt. Durch den Rauch, durch das Tuten hindurch, mit dem Stampfen der Maschinen mit nach vorn. Sie würde die zukünftigen Kinder von Hanna und Jeroen versorgen, sodass die beiden ausgehen könnten, jeden Abend, wenn sie wollten. Herta hält sich nicht fest, sieht nicht zurück aufs italienische Festland, der blaue Luftrock zieht sie nach Batavia, Java. 17 Jahre alt.

Doris sah den Nachspann:

– Batavia mit Herta Stegmann, 17 Jahre –

– Schnitt: Doris Röder, 16 Jahre –

Sie hörte Herta seufzen, hörte, wie sie sich erhob und durch die dunkle Terrassentür wieder ins Haus ging.

Vater hatte lange vergeblich an der Eingangstür gerüttelt. Ich will raus, hustete er. Doris hakte sich bei ihm unter, zog ihn leicht von der Tür weg.

Du Spion, zischte er sie an.

Seine Hände zuckten, streckten sich, umfassten ihren Hals. Sie spannte die Halsmuskeln, zog mit ihrer ganzen Kraft die Hände von ihrem Hals weg. Er erschlaffte ganz plötzlich in den Armen, ließ sie mit vorgebeugten Schultern nach unten hängen, sah auf einen Punkt weit hinter ihr.

Ich will hier raus, flüsterte er.

Doris keuchte: Komm mit ins Wohnzimmer, Vati.

Sie kreiste mit ihrem Kopf vor seinem um seinen Blick zu fangen. Der Blick auf den Punkt hinter ihr blieb. Doris fasste seine Hand, er ließ sich den Flur entlang führen.

Herta kam aus der Küche.

Lass mich nicht allein, flüsterte sie, es kann doch jederzeit wieder losgehen.

Was kann wieder losgehen?, fragte Georg. Seine Augen

trafen Hertas Augen, dann Doris' Augen. Wovon redet ihr?

Doris dachte: Nicht blinzeln, ich muss ihn hier halten. Mit ihm sprechen. Wovon? Wovon? Vom Würgen? Vom Spion? Vom Türrütteln? Ja, ich halte ihn.

Vati, warum sagst du zu mir: Du Spion?

Vaters Augen zogen sich zurück in seine Welt. Er war hier gewesen. Er konnte wiederkommen. Oder auch nicht. Doris straffte die Halsmuskeln erneut.

Georg Röder blieb in seiner Welt bis zu seinem Tod.

AUFTRAG

Doris hatte an alles gedacht. Die Ferienhäuschen in der Eifel gebucht. Einen Memory-Zettel nach dem anderen an die Verwandtschaft geschrieben: Bitte bringt genügend Torten mit. Um das Fleisch kümmert sich Dieter. Ein großer Grill fehlt noch. Wer bringt jetzt genau was mit?

Doris hatte aus alten Familienfotos Dias machen lassen, ihre gesamten Diavorräte durchstöbert und 180 Dias zum 90. Geburtstag ihrer Mutter zusammengestellt. Die Dias hatte sie in die Diaschienen gesteckt, chronologisch, 90 Jahre.

Doris stellte sich an den Rand der großen grünen Mulde im Ferienpark und sah hinunter auf den von vielen Verwandtschaftshänden hergerichteten Festplatz. Neun Tische in Hufeisenform, der große Grill in Reichweite, mit Holzkohle ausgelegt. In der Mitte der runde Tisch mit den Torten. Bunt gesprenkelte Servietten lagen ausgefaltet auf den Holztischen. Knallrote Girlanden spannten sich straff zwischen den neu gepflanzten Birken rund um den Festplatz. An der Schaukelstange funkelte die Zahl 90 in der Sonne. Kaffeemaschinen gluckssten in den Ferienhäuschen hinter Doris. Sie zog ihren geliebten Kakaoduft durch ihren weit geöffneten Mund ein. Monika balancierte eine Sahnetorte Richtung Tortentisch.

Stühle, Geschirr, Besteck mitbringen!, schrie Dieter.

Es klappt, dachte Doris, alle haben Torten und Salate mitgebracht, sogar die Würstchen für den Grill sind da.

Die Holzkohle glühte aus.

Will noch jemand ein Kotelett?, fragte Doris, es sind auch noch Speckläppchen da.

Finger schnellten hoch. Hier, hier, hier! Die letzte Sonne ließ noch einmal alle braun gebrannt erscheinen. Monika verteilte die Plastikbecher, Dieter ging mit der Kognakflasche hinterher.

Danke, kein Alkohol, sagte die Jubilarin.

Traubensaft für Oma, orderte Doris.

Für die Jugendlichen wäre Traubensaft auch besser, sagte Herta.

Aber Oma!

Kichern, erste leichte Jäckchen um fröstelnde Schultern. Kinder, die in der noch aufleuchtenden Holzkohle stocherten, Platzwechsel an den Tischen. Stehgruppen, die sich immer wieder neu formierten. Einige Hochs auf Herta.

Oma, erzähl was aus deinem Leben!

Mein Batavia, setzte Herta an.

Hast du Opa geliebt?

Beim 90. solche Fragen, dachte Doris.

Batavia-Dias gibt's an der Hauswand von Ferienhaus 2, sagte Doris schnell.

Herta richtete sich kerzengerade auf, räusperte sich: Ich hatte Verantwortung zu übernehmen – ihre Stimme klar, kein Alterstimbre – drei Kinder waren zu versorgen, und es war nicht einfach, akzeptiert zu werden. Ich habe mich getraut.

Doris hakte die Lehne ihres Stuhls unter, hob ihn hoch und setzte einen Schritt in Richtung Hauswand.

Wissen wir, aber hast du Opa geliebt?

Niemand machte Anstalten um aufzustehen. Herta faltete die Hände, drückte noch einmal den Rücken durch und sprach in Richtung des Fragenden:

Liebe, was ist schon Liebe? Verantwortung, das ist es!

Die Sonne war jetzt verschwunden, der Himmel zeigte noch einzelne helle Stellen. Die Girlanden gingen ins Dunkelrote hinüber. Die Zahl 90 war nicht mehr zu sehen.

Alle starrten Oma an. Münder öffneten sich, schlossen sich. Dieter hielt den Kopf schräg.

Herta erhob sich mühelos: Aber ich habe alle Kinder gleich lieb gehabt, ich habe nie einen Unterschied zwischen Stiefkindern und eigenem Kind gemacht.

Doris fror, nicht nur den Rücken hinunter, überall da, wo Haut war.

Dieter lehnte sich zurück, seine Augen wurden zu Schlitzen. Doris setzte sich auf ihren Stuhl, senkte den Kopf. Die anderen schwiegen, sahen vor sich hin. Ihre Konturen verloren sich im fehlenden Licht. Kleinkinder schmiegten sich an ihre Mütter. Die größeren rannten zur Schaukel. Irgendjemand packte Teelichter aus seiner Tasche, zündete sie an. Oma thronte auf ihrem Feststuhl.

Auf ihrem zweiten Feststuhl vor der Hauswand von Ferienhäuschen 2 war sie eingeschlafen. Beim 181. Dia.

Bitte noch mal Batavia, mein Haus, da, wo ich schon Lehrerin war, hatte sie verlangt.

Batavia leuchtete mit der weißen Villa an der Wand, mit der Korbsesselgarnitur auf der Veranda, den hohen gefiederten Palmen rund ums Haus, den Aloen und Rosen in Tongefäßen überall. Herta hatte gelächelt, dann nickte ihr Kopf ihrer Brust zu. Sie lächelte im Schlaf.

Die anderen waren in den verschiedenen Ferienhäuschen ins Bett gegangen. Dieter setzte sich aufrecht mit dem Rücken zur Hauswand. Sein Schatten fiel riesengroß ins Bild. Doris stützte die Ellbogen auf ihre Knie, grub die Fäuste unter ihre Wangenknochen und sah Dieter an.

Dieter ruckte mit dem Kopf nach links, blickte über seine schlafende Oma an Doris vorbei:

Die Frage ist doch die: Warum lässt ein verheirateter Mann mit drei Kindern Anfang 1939 seine Familie in Berlin zurück, um wieder nach Niederländisch-Indien zu gehen?

Ich habe ihn nie gefragt, sagte Doris.

Er hat doch immer so viel von früher erzählt.

Darüber hat er nie gesprochen.

Weiß deine Mutter es nicht?

Doris sah auf ihre schlafende Mutter: Nein!

Was denkst du? Dieter sah ihr in die Augen.

Doris nahm die Palmen von Batavia in ihr Blickfeld.

Er wollte dem Krieg, der schon in der Luft lag, ausweichen; er hatte vielleicht Vorahnungen; er kannte doch Hitler vom 1. Weltkrieg her, sagte sie.

Er hätte doch seine Familie mitnehmen können!

Es war üblich, dass die Familie erst nach ein, zwei Jahren nachkam.

Dieter stand auf, sein Schatten wurde größer: Meine Mutter weiß nichts davon, dass sie nachkommen sollten.

Du willst auf das Spionagegerücht hinaus, sagte Doris.

Gerücht oder nicht, das will ich wissen! Find die Wahrheit heraus!

Ich?

Ja, du. War dein Vater ein Nazi? Hat er für die Nazis in Niederländisch-Indien spioniert?

Ich?

Du willst es auch wissen, sagte Dieter.

Doris saß regungslos da.

Es gibt Archive; es gibt Menschen, die etwas wissen, sicher. Es gibt Briefe, sicher auch Materialien in der Familie. Denk dran, auch immer den Geldflüssen zu folgen, sagte Dieter.

Doris atmete flach. Muschelrauschen dröhnte in ihren Ohren. Sie wollte aufstehen, ihre Mutter ins Bett bringen, aber es ging nicht.

Geldflüsse, hauchte sie.

Meine Mutter hat erzählt – Dieter setzte sich – ihr Vater hatte in Berlin 1938 ein steifes Bein von einem Verkehrsunfall. Steifes Bein und keine Arbeit. Und plötzlich wurde sein steifes Knie in einem speziellen Krankenhaus behandelt, und er konnte wieder gehen. Und im Krieg gab's monatliche hohe Überweisungen von irgendwoher.

Doris horchte auf. Sie hatte nichts von einem steifen Knie gewusst. Undenkbar, ihr Vater mit einem steifen Knie. Ein Gang, den andere Kinder nachgeäfft hätten. Vati und sie hatten jedes Jahr im Wald Himbeeren gepflückt, sie waren zusammen auf jeden Jägerstand gestiegen, sie waren ins tiefe Mispertal hinuntergestiegen, über den Bach balanciert. Ihr Vater hatte ihr das Schwimmen beigebracht, das Schifahren. Während die Väter anderer Kinder immer auf der Couch lagen. Ein steifes Knie, ein Makel! Er! Nein!

Ich will wissen, was du herausfindest, sagte Dieter.

Er stand auf, drehte den Diaprojektor um und zielte mit dem Lichtstrahl auf sie. Doris richtete sich auf und ließ sich gleich steif gegen die Lehne des Stuhls fallen. Sie, ein Sandsack gegen die aufsteigenden Fluten.

Dieter sagte: Schlaf gut, und zog den Stecker raus.

Alle waren weggefahren. Die restlichen Koteletts und Salate gab Doris den großen Familien mit den vielen Kindern mit. Die übrig gebliebenen Dinge aus den Ferienhäuschen, die keiner haben wollte, lagen verstreut auf dem Rasen: da eine Socke, dort ein Schnuller, ein weißes T-Shirt ohne Aufschrift, die gute Thermoskanne, eine Hundeleine, ein vielleicht goldener Ring ohne Inschrift, Spielzeug und Unterhosen in jeder Größe. Herta schaukelte leicht im Festthron Nr. 1, den Doris in die Mitte der Fundsachen gestellt hatte.

Herta sagte: Danke, mein Kind, es war ein schöner 90. Geburtstag, alle sind so zufrieden.

Doris saß auf dem Rasen, packte die Fundsachen in Plastiktüten.

Warum betonst du immer, dass du alle gleich lieb hast: Elisabeth, Sigurd, Gisela und mich?, fragte Doris.

Aber das stimmt doch!, sagte Herta.

Nein, das kann nicht sein. Mich hast du am liebsten. Die anderen sind nicht deine leiblichen Kinder, sagte Doris.

Herta umfasste mit ihren Händen fester die Seitenlehnen ihres Thrones, sodass die Knöchel ihrer Hände hervortraten. Sie sah auf die jetzt raue Hauswand.

Alle gleich lieb, sagte sie. Was heißt hier leiblich oder nicht leiblich? Das spielt doch keine Rolle.

Herta rutschte auf ihrem Thron herum.

Elisabeth, Sigurd und Gisela sind genau 25, 20 und 18 Jahre älter als ich. Du musst doch dein eigenes Kind mehr lieben, schrie Doris.

Was hast du nur? Ich liebe euch alle gleich. Das ist doch das Beste für euch alle.

Herta stützte sich an den Seitenlehnen hoch.

Die anderen sind doch weg. Sag mir die Wahrheit!

Doris packte die Plastiktaschen mit den Fundsachen und versenkte sie in einem der Müllcontainer.

Ich habe das nicht gesagt, weil alle aus der Familie da waren, sondern, weil es stimmt, sagte Herta.

Doris ließ sich aufs Gras fallen.

Ich verstehe nicht, warum es dir so schwer fällt, die Wahrheit zu sagen, sagte sie.

Ich schenke dir das chinesische Porzellan aus Batavia, sagte Herta plötzlich.

Ich will kein chinesisches Porzellan, ich will die Wahrheit, sagte Doris.

Doris stand auf, stellte sich vor Herta, sah auf sie hinab: Wenn du mir nicht sagen kannst, dass du mich mehr liebst als meine Stiefgeschwister, gibt's nicht zwischen uns zu bereden. Nur uninteressante kleinstkleine Alltäglichkeiten.

Doris sah Hertas Schläfen pochen. Herta sagte nichts. Doris drehte sich um. Ein kleiner Vogel hüpfte auf dem Rasen herum und aß die Krumen von gestern.

Herta sprach in ihren Rücken: Ich liebe dich am meisten. Bist du jetzt zufrieden?

Doris drehte sich, sah ihre Mutter an: Komm jetzt, wir packen die Koffer.

FRAGEN

Bin ich froh, dass wir zu Hause sind, sagte Doris.

Hat Dieter dir so zugesetzt?, fragte Peter.

Ja, da muss ich erst mal dran knacken, sagte Doris.

Wir können ja ins Konzert oder die Oper gehen, sagte Peter.

Ja, aber nichts, was ich nicht vertragen kann.

Ist klar, sagte Peter, ich such uns was.

Peter sah im Internet nach: Heute gibt's leider keinen Verdi, keinen Beethoven, keinen Tschaikowsky, keinen Rachmaninow, keinen Russen weit und breit. Swing oder Walzer-Strauß?

Swing, sagte Doris, einen Randplatz für mich und du daneben.

Ja, erledigt, wir fahren sofort los, sagte Peter.

Doris atmete auf. Keine Gedanken über die Garderobe, einfach raus in die Leichtigkeit, in die eigene – durch die Musik anderer. Mit dem ersten Ton in die Gedankenlosigkeit, irgendwann, wenn keiner hustete oder flüsterte, würde sie schweben, mit der Musik hin- und herswingen wie in der Hängematte, nur noch Klang sein. Bis zum Ende des Stückes, bis sie ihren Sessel wieder spüren würde, dann würde sie Peters Hand fassen und sagen: Schön.

Warum ist Vati Anfang 39 von Berlin nach Niederländisch-Indien?, fragte Doris. Sie saßen auf dem kleinen Balkon von Hertas Wohnung. Zwei Campingstühle mit Tischchen, ein

Blumenregal mit roten und weißen Geranien. Herta und Doris sahen über die Balustrade auf die Gärten der umliegenden Einfamilienhäuser.

Herta seufzte: Ich weiß es nicht. Ich habe Vati doch erst 1947 kennen gelernt.

Er hatte doch Familie: eine Frau und drei kleine Kinder, und er geht allein nach Batavia, sagte Doris.

Herta nippte an ihrer Teetasse: Ach Kind, das war damals so üblich. Der Mann geht vorher, die Familie folgt, wenn alles geregelt ist. Hab ich dir schon mal erklärt.

Du hast ihn also nie gefragt?

Doris stopfte den trockenen Kuchen in großen Bissen in sich hinein. Die Wellblech-Überdachung hielt die Hitze auf dem Balkon fest. Schweiß bildete sich an den Augenrändern.

Nein, habe ich nicht. Das ist doch seine Sache, sagte Herta.

Sie sah auf Nachbars Kräutergarten.

Es ist tropisch warm heute. Vielleicht sollten wir noch einen zusätzlichen großen Sonnenschirm aufstellen, sagte sie.

Bloß nicht, dann krieg ich keine Luft mehr, sagte Doris.

Sie griff nach der Tageszeitung und fächelte sich Luft zu.

Aber Mutti, du musst doch mehr über Vatis Leben wissen als ich – auch vor deiner Zeit mit ihm, sagte Doris. Warum ...? Sie stockte. Ein paar Gärten weiter plantschten Kinder im Plastik-Swimmingpool. Bäume in den Gärten bewegten sich mit dem Wind mit. Ein Grummeln in der fernen Atmosphäre.

Vati war 1922 bis 1928 schon einmal in Batavia. Verstehst du? Batavia und Krieg undenkbar, auch wenn es in Europa zum Krieg kommen sollte. Batavia bedeutete die Möglichkeit gut zu verdienen, sagte Herta.

Wenn Krieg sich ankündigte, gerade dann hätte er doch nicht ohne Familie weggehen dürfen, sagte Doris.

Das Gewitter würde nicht kommen, die Luft drückend bleiben.

In den Tropen haben alle immer heißen Tee getrunken, sagte Herta, ohne Zucker. Nie kalte Getränke. Ich hole eine neue Kanne Tee.

Herta stand abrupt auf.

Mutter, ich möchte Fragen beantwortet haben, sagte Doris.

Große Schweißflecken bildeten sich auf der Bluse unter ihren Achseln.

Auch Dieter will das wissen, sagte sie.

Herta setzte sich wieder.

Die Familie wollte er sicher nachholen. Ich kenn doch deinen Vater, sagte Herta, und wenn Dieter was wissen will, soll er doch seine Mutter fragen. Elisabeth weiß doch sicher mehr als ich.

Doris nahm noch ein weiteres Stück von dem bröselnden Sandkuchen und steckte es in ihren trockenen Mund.

Alles immer Spekulationen, dachte sie. Soll ich jetzt noch nach den Nazi- und Spionagegerüchten fragen? Warum kommen Fragen immer erst lange nach dem Tod des Betreffenden daher? Dieter will es wissen. Ich auch! Ich auch, weil Dieter es wissen will? Nein, ich will! Und ich muss Elisabeth befragen.

Ja, Elisabeth, ich will alles wissen, sagte Doris am Telefon zu Elisabeth, ich komme übermorgen angefahren.

Elisabeth saß auf ihrer grauen Ledercouch und sah Doris an.

Elisabeth, warum ist Vati Anfang 1939 nach Batavia gegangen und hat euch allein gelassen?

Elisabeth lehnte sich zurück, schloss die Augen, faltete die Hände in ihrem Schoß. Sie setzte ihre Füße, die in Hausschuhen steckten, nebeneinander auf den Teppich.

Ich weiß es nicht. Wirklich nicht, sagte sie.

Bitte, Elisabeth! Alles was dir einfällt!

Elisabeth trippelte mit ihren Hausschuhen am Platz.

Dieter ist mit mir extra nach Berlin gefahren. Ich habe sogar unser Haus gefunden. In Lichterfelde. Es stand noch. Ich weiß viel, aber nie das, was ihr wissen wollt. Bitte, Doris, bring mir doch die karierte Wolldecke vom Schlafzimmer.

Gleich, sagte Doris, erzähl mir erst noch vom steifen Knie von Vater.

Elisabeth beugte sich vor:

Also, 1938 hatte er einen Verkehrsunfall. Er war schuld, glaube ich. Er kam ins Krankenhaus. Trotz Operation blieb sein Bein steif. Mehrere Monate lang. Dann kam er in ein spezielles Krankenhaus, und als er da rauskam, konnte er wieder normal gehen.

Welches Krankenhaus?

Weiß ich nicht.

Wer hat das alles bezahlt?

Weiß ich nicht, sagte Elisabeth, es hat mich damals wohl gewundert, dass da niemand darüber gesprochen hat. Geld war nicht immer ausreichend vorhanden bei uns, weißt du.

Woher kam der monatliche Scheck, den ihr den ganzen Krieg über bekommen habt? Üppig, hat Dieter angedeutet.

Das ist mir vor kurzem nachts wieder eingefallen: Reichssportbund. Und viel Geld war's auch.

Wofür das Geld war, das hast du dich nie gefragt?

Nein, mein Vater sorgte für uns, auch wenn er interniert war, so sehe ich das.

Doris besah sich die chinesische Vase aus Batavia. Eigentlich meine Vase, meine Kindheitsvase, dachte sie, aber sie haben sie Elisabeth geschenkt; ist ja auch ihre Vase von noch früher. Chinesen in langen Gewändern mit langen Bärten und schwarzen Hüten. Die gefallen mir immer noch am besten. Blumen, Bäume, Blätter, da ganz kleine chinesische Vasen; Vögel, die fliegen, alles in blau und grün.

Elisabeth, fällt dir zu Spionage, Spionageabwehr, Canaris etwas ein?, fragte Doris.

Elisabeth seufzte, kratzte sich mit den Nägeln der linken Hand über die Stirn, biss sich auf die Unterlippe:

Darf man unbewiesene Sachverhalte in die Welt setzen?

Ja, sagte Doris, die Welt, das sind du und ich und unser Vater.

Es könnten Zufälle, Belanglosigkeiten sein.

Ich muss alles wissen, auch das! Bitte Elisabeth!

Elisabeth schwieg. Sie zog ihre Hausschuhe aus, hievte ihre Beine angewinkelt auf die Couch, legte sich auf die Seite und stützte ihren Kopf mit der linken Hand.

Du wolltest mir doch die Decke bringen, sagte sie.

Ach ja, Verzeihung. Bitte! Bitte jetzt.

Ich weiß ja nicht einmal, ob das was mit Spionage zu tun hat oder was ganz anderes bedeutet, sagte Elisabeth.

Doris atmete flach, bewegte sich nicht, starrte weiterhin auf die chinesische Vase. Die Vase vom Sultan aus Borneo. Ein Geschenk. Der Deckel mit dem weißen Kugelgriff konnte gehoben werden und drin waren die Schätze: Köcher mit Pfeilen der Batak aus Borneo. Mit Gift dran. Achtung, nicht anfassen, hörte Doris ihren Vater jedes Mal sagen, Kopfjäger waren die Batak, als ich mit den Missionaren den Fluss hinauffuhr.

Einen Film hat er gerade noch rechtzeitig in den Fluss geworfen, sagte Elisabeth und sah Doris in die Augen.

Sag jetzt nichts, sagte Elisabeth, gerade noch rechtzeitig ist mir damals auch komisch vorgekommen. Und nein, ich habe nicht nachgefragt. Unser Vater war damals schon bekannt dafür, unterhaltsame Dinge zu sagen und zu tun.

So was wie Filme in den Fluss werfen, sagte Doris.

Ja, zum Beispiel, sagte Elisabeth, aber ich bin vorsichtig mit Schlussfolgerungen.

So so, sagte Doris.

Ich habe noch einen alten Reisekoffer mit Sachen von Vater, sagte Elisabeth, Dieter hat gesagt, ich soll ihn dir geben. Nimm dir den mit.

Sachen von Vater?

Ja, Briefe an mich, meine Mutter, meine Geschwister, Ausbildungszeugnisse, lauter so Dinge.

Danke. Elisabeth.

ERGEBNISSE?

Heute haben wir wieder Tanzstunde, sagte Doris.

Du willst nicht aufgeben?, fragte Peter.

Nein, wir machen immer wieder Tanzstunden für Anfänger; dann machst du doch mit?

Ja gut, sagte Peter.

Einen Walzer mit Peter, seine Hand auf meinem Rücken, rechts herum, nie außer Atem sein, das ist schön, dachte Doris. Hoch und runter, Gewicht nach vorne und dann 1 – 2 – 3 und immer schneller. Doris träumte sich in Wiener Walzer entsprechende Räume und Zeiten hinein. Bis zum: Ich steh, glaub ich, auf dem falschen Fuß. Warum? Peter krampfte mal wieder.

Der falsche Fuß ist doch nicht schlimm, sagte Doris. Mach einfach weiter!

Peter schwitzte, ließ sich vom Tanzlehrer beiseitenehmen, um sich das Wie-komme-ich-auf-den-falschen-Fuß erklären zu lassen. Doris sah inzwischen mehr oder weniger graziösen Paaren zu, wartete auf Peters neuen Ansatz.

Wir stellen uns nicht vor die Spiegelwand, wir gehen nach hinten an die zweite Tür, wo keiner guckt, und du springst schnell auf den richtigen Fuß und weiter geht's, sagte sie. Du brauchst auch nie linksherum zu lernen.

Peter brummte.

Du musst mit mir auf einen Ball gehen.

Peter brummte.

Kronleuchter werden dann über uns sein.

Puh, sagte Peter.

Doris seufzte, seufzte wieder, als sie zu Hause waren und sie sich der wässrig-fleckigen, grünlichen Kunstledermappe zuwandte. Sie zog sie zu sich her. Antworten will ich! Jetzt! Sie schlug die Mappe auf. Modriger Geruch aus vergilbten, rostrandigen Blättern. Sie fasste vorsichtig die dünnen Durchschlagblätter mit den verwischten blauen Buchstaben an: manche notdürftig mit durchsichtigem Klebeband zusammengehalten, manche eingerissen oder mit Eselsohren, manche mit einer großen stählernen Klammer eingezwängt. Sie kämpfte sich durch Ausweise, Zeugnisse, Briefe in Sütterlin, Kündigungen, Formulare in gotischer Schrift, die mit Sütterlin oder Mischformen ausgefüllt worden waren, Verträge, Dankesschreiben in lateinischer Schrift. Sie sah nicht auf. Stundenlang nicht. Bis alles in Stapeln vor ihr auf dem Esszimmertisch lag. Und das eine Ding rechts oben. Da lag es.

Ich hab's, murmelte sie, den NSDAP-Ausweis von Georg Röder: 1. Mai 1933, Mitgliedsnummer: 1047387, Auslandsausweis Nr. 48352, ausgestellt in Den Haag.

Dieter muss kommen, sagte Doris. Auch zu Peter sagte sie: Dieter muss kommen. Ich habe die NSDAP-Mitgliedskarte gefunden. Sie horchte in sich hinein. Nichts, nur: Dieter muss kommen, sofort, unbedingt.

Dieter kam. Schon eine Woche später. Kaum brachte er einen Gruß heraus, schon war er beim: Wo?

Da! Doris zeigte auf den Esszimmertisch neben seine Tasse, die sie schon mit Kaffee ohne Milch und Zucker gefüllt hatte.

Dieter sah auf den Ausweis, beugte sich etwas vor, runzelte die Stirn und schnaubte kurz: So sieht kein NSDAP-Mitgliedsausweis aus. Das hättest du doch leicht im Internet rausfinden können.

Doris stand nur da, knirschte mit den Zähnen, ließ aber keinen Laut durch: So viel Arbeit, hau ab. Lass mich in Ruhe. Da fuhr eine angenehm warme Welle durch ihre Adern: Vati, kein Parteimitglied, ich keine Parteimitgliedstochter. Doris lächelte, lockerte ihre Schultern. Dieter sah sie an, kniff die Augen zusammen. Ich guck jetzt alle relevanten Akten an, sagte er und setzte sich an den Esszimmertisch.

Doris stellte ihm erst zwei Stück Marmorkuchen neben seine Kaffeetasse hin, dann brachte sie die grünliche Kunstledermappe aus dem Arbeitszimmer. Dieters spitze Finger blätterten zwischen Belegen.

Ich habe leider nicht Geschichte studiert, sagte Doris.

Internetrecherche kann jeder, sagte Dieter und sah nicht auf.

Kannst du Sütterlin lesen?, fragte er nach einer Weile.

Ja, sagte Doris, wenn es nicht zu individuell ist.

Er sah blass aus. Seine ewigen Marathonläufe haben sein Gesicht zerfurcht, dachte Doris. Er saß aufrecht am Tisch. Kein Gramm Körperfett.

Iss doch, sagte sie. Ich habe noch mehr Kuchen.

Dieter sieht seinem Großvater immer ähnlicher, dachte sie, Dieter wird alt, Vati war immer alt. Dann der weißer werdende Haarkranz und oben immer weniger Härchen. Er hält seinen Kopf genau wie Vati so schräg und spreizt die Finger, als ob er viel geschrieben hätte.

Das ist – Dieter hielt den Nicht-mehr-NSDAP-Ausweis

hoch – die zweite Seite, also die Hälfte eines Fragebogens, den Georg Röder mit Schreibmaschine beantwortet hat und an den Reichssportbund geschickt hat. Das sind seine eigenen Angaben. Was sind die Schlussfolgerungen?

Doris' Darmschlingen rebellierten. Sie hatte noch nichts gegessen oder getrunken.

Seine eigenen Angaben können falsch sein, wenn er damit etwas erreichen will, sagte sie wie die junge Musterschülerin Doris.

Richtig, sagte Dieter, aber auf unserem besagten ‚Ausweis' sind zwei lange Zahlenreihen. Das weist darauf hin, dass die Angaben stimmen. Menschen erfinden keine langen Zahlenreihen.

Ist das jetzt wissenschaftlich?, fragte Doris.

Nein, aber wahrscheinlich.

Wenn wir jetzt mal den Adressat Reichssportbund und sein steifes Knie in Beziehung setzen, sagte Doris. Ihr Darm hatte sich noch nicht beruhigt.

Spekulation ersetzt nicht die gründliche Recherche, sagte Dieter. Du musst weiterrecherchieren.

Erst jetzt griff Dieter zum Kuchen, zog den Teller ganz zu sich heran, griff zur Kuchengabel, und bevor das erste Stückchen im Mund verschwand, sagte er: Erstens, der echte NSDAP-Ausweis. Zweitens Belege hinsichtlich Spionage, Spionageabwehr, Canaris-Verbindungen.

Doris dachte: Der kriegt keinen Kaffee mehr, keinen Saft, keinen Sprudel. Nur, wenn er mich nett darum bittet.

Dieter schob einen Bissen nach dem anderen in seinen Mund. Er rieb seine Stirnfalten mit dem Handrücken glatt.

Er denkt sicher schon wieder an seinen nächsten Marathon-lauf, dachte Doris.

Willst du überhaupt Wahrheit?, fragte er.

Er stand zu seiner Überlänge auf, pendelte mit dem Oberkörper hin und her.

Noch was?, fragte er. Vielen Dank für Speis und Trank.

Ein kurzer Blick aus den Augenhöhlen, bevor sein Kopf sich wegdreht. Tschüs, Peter, rief er noch. Die Tür ging zu.

Doris packte die Materialien wieder in die grüne Kunstleder-mappe. Ein Zettel blieb liegen. Die zwei langen Zahlenreihen.

Sie rief wieder Elisabeth an: In welchem Krankenhaus ließ Vati sein steifes Knie behandeln? Wochen später nachts fiel es Elisabeth ein: Hohenlychen.

Doris googelte: Hohenlychen war ein Krankenhaus des Reichssportbundes.

Elisabeth war immer gleich am Telefon.

Elisabeth, wann war das mit dem Knie, der Behandlung in Hohenlychen?

Elisabeth fand keine genaueren Zeitangaben als: Ich glaube 1937 oder 38.

Doris schloss daraus: Der Fragebogen des Reichsportbundes war für die Aufnahme in das Krankenhaus Hohenlychen auszufüllen. Parteimitgliedschaft war Voraussetzung. Vati hatte mal wieder was erfunden, weil es notwendig war im Kampf gegen das steife Knie.

Dieter rumorte leicht, aber beständig in ihrem Kopf: Beweise!

Doris gab sich einen Ruck, schrieb ans Bundesarchiv in Berlin: Ich bitte um einen Termin. Ich möchte wissen, ob mein

Vater, Georg Röder, geb. 3. Juni 1895, Mitglied der NSDAP war.

Der Termin kam: 3. Oktober, 10.30 Uhr. Doris fuhr los, nach Berlin.

Sie blieb noch eben in ihrem roten Autochen sitzen, legte das Gesicht aufs Lenkrad. Raus jetzt, befahl sie sich. Bis hierher hast du es geschafft, jetzt noch den Stadtplan. Vom Parkplatz 1. Straße links, zweite rechts, nochmal nachprüfen, dann bist du da. Sie tätschelte das Armaturenbrett: Bin gleich wieder da. Dann nahm sie den Stadtplan von Berlin, zog noch einmal den Weg vom Parkplatz zum Bundesarchiv mit dem Finger nach, machte die Autotür auf. Sie stapfte mit ihrer schwarzen Handtasche und dem Stadtplan los. Erste links, zweite rechts.

Das Tor war vor ihr. Ein Durchgang führte am Pförtnerhäuschen vorbei. *Besucher bitte anmelden* stand auf dem Schild vor dem Häuschen.

Doris Hallmann-Röder, 10.30 Uhr, sagte Doris laut.

Der Pförtner schaute in seiner Liste nach, prüfte ihren Personalausweis, hakte ihren Namen ab.

Hier ist ihr Schlüssel für das Schließfach; ihre Handtasche müssen Sie einschließen, sagte er. Doris nickte.

Sie folgen dem rechten Plattenweg bis zum Flachbau da hinten, sagte er noch. Doris schluckte. Sie steckte den Stadtplan in die schwarze Handtasche, nahm den Schlüssel, ihr Ansteck-Namenskärtchen und schritt Handtasche über der Schulter, Schlüssel in der einen, Ansteckkarte in der anderen Hand auf den grauen Flachbau zu.

Noch 100 Meter ungefähr.

Sie sah nach unten auf die Gänseblümchen zwischen

den Platten. Sie hätte sich gerne gebückt, eins in die Hand genommen.

Geh weiter, Doris, dachte sie. Sie drückte das Ansteckkärtchen stärker, bis sie den Stich der Nadel in ihrer Handfläche fühlte.

Noch 50 Meter.

Sie blieb stehen, keuchte. Du wirst alt, hatte Margit vorige Woche gesagt. Du beschäftigst dich nur noch mit dir und deiner Familie in der Vergangenheit.

Doris hatte nichts gesagt. Zukunft aus Margits Sicht hatte sie keine. Margit hatte Kinder, bald Enkelkinder. Margit wollte Schulrätin werden. Margit, Freundin.

Doris sah zwischen den löchrigen Baumkronen zum Himmel hinauf. Dann blickte sie auf die roten Früchte und die spitzen Stacheln der Berberitzen-Sträucher rechts und links neben dem Plattenweg.

Weiter, Doris! Sie ging in Stellung. Flachbau voraus! Sie nahm die nächste Platte in Angriff. Die nächste, nicht auf Gänseblümchen treten, die nächste.

Sie setzte ihren Fuß auf die erste Stufe der kurzen Treppe und stockte. Würde die Tür automatisch aufgehen? Falls nicht, wie komme ich da rein?

Sie erklomm die zweite und dritte Stufe und nahm die Tür ins Visier.

Die Hand mit dem Anstecknamen senkte sich. Doris drehte sich um. Sie spürte keine Platten unter ihren Füßen, sie sah keine Gänseblümchen, sie hörte nur ihren Atem, ein, aus, ein, aus. Dem Pförtner warf sie Schlüssel und Namen in die Drehschale.

Kommen Sie morgen wieder?, rief er ihr nach.

Nein, schluchzte Doris, was nur sie selbst hören konnte.

Nein, jetzt rechts, dann erste Straße links, dann zweite rechts. Ich komme!

Ihrer roten Schutzburg zu.

Zu Hause sagte Doris zu Peter: Ich weiß nicht, warum es nicht ging.

Peter schob auf einem großen Bogen Millimeterpapier kleine Quadrate und Rechtecke herum. Auf dem Esszimmertisch.

Unsere Terrasse, sagte er.

Das nächste Mal – wenn es ein nächstes Mal gibt – fährst du mit. Bitte, sagte Doris.

Peter sah kurz auf. Ja, wenn du willst.

Ich habe gesagt, es ist meine Sache, meine Familiengeschichte. Aber ich brauch dich wahrscheinlich. Damit du mich reinschiebst. Das Gebäude ist innen sicher noch hässlicher als außen.

Wir entwerfen jetzt erst einmal zusammen unsere neue Terrasse hinterm Haus, im römischen Verband, Travertin-Platten, sagte er.

Römischer Verband-Flottenverband, sagte Doris und versuchte die Papierteile als Schiffe zu ordnen. Peter hieb ihr leicht auf die Finger. Jetzt lass mal den Krieg Krieg sein, guck das Muster hier mal an, sagte er.

Ich seh kein Muster, nie seh ich Muster, alles willkürlich durcheinander, sagte sie.

Peter wartete.

Doch ich seh das Muster, sagte Doris, ich kann weitermachen.

An den Rändern müssen wir manchmal etwas ändern. Klasse, das macht Spaß. Ich freu mich auf unsere Terrasse.

Doris schob alle Quadrate und Rechtecke in den römischen Verband, bis der Verband fest verbunden war.

Später schob Doris Briefe aus dem Koffer auf dem Esszimmertisch herum. Briefe ihres Vaters an Siglinde, seine erste Frau, an seine Kinder Elisabeth, Sigurd, Gisela. Nichts Unalltägliches. Aus der Internierung. Durch die Zensur. Und nur Wetter und wie geht's.

Da waren auch noch die Briefe, die Siglinde bekommen hatte. Kurt von Dolin. Wer ist das denn? Hatte Siglinde einen Liebhaber? Eher unwahrscheinlich. Ich heiße nach ihr, dachte Doris Siglinde. Eigentlich komisch, dass mein Vater mir den Namen seiner ersten Frau als Zugabe mitgegeben hat. Um sie durch den Namen irgendwie wieder lebendig zu machen? Von meiner Mutter kann das doch nicht kommen. Oder doch? Doris, du beschäftigst dich mit Nebengleisen. NSDAP und Spionage, das sind die Themen. Da steht was von Staatsanwaltschaft Arnsberg; wenn die Fragen stellen, soll sich Siglinde vertrauensvoll an Kurt von Dolin wenden. Unverständlich. Ich tu die Briefe an Siglinde mal in die blaue Klarsichtfolie. Blau gleich nicht so wichtig.

Doris legte die blaue Klarsichtfolie auf den Esszimmerstuhl.

Ich komm hier nicht weiter, sagte sie laut ins leere Zimmer, ich muss wieder einmal mit meiner Mutter reden. Wenn es doch nicht so schwer wäre, dachte sie.

Doris hatte Herta nichts vom misslungenen Archivbesuch gesagt. Herta sollte auch nichts wissen. Herta soll mir zu Einsichten verhelfen, dachte Doris.

Mutti, ich komm allein, ich will noch einiges fragen.

Aber gern, Kind.

Herta war immer bereit zu reden.

Du musst nur rangehen, dachte Doris im Auto auf dem Weg zu ihr.

Mutti, Vati hat zu mir: Du Spion gesagt!

Er war doch damals die meiste Zeit schon nicht mehr ....

Ja, gerade deshalb, das bleibt. Das Wesentliche. Tief drinnen, sagte Doris.

Herta schwieg.

Sie saß auf ihrer ungemütlichen Couch, lehnte sich nicht an. Ihre Hände stützen sich auf der Couch ab. Doris saß vor ihr auf dem abgewetzten Lederpuff. Hertas Augen wanderten in der Wohnung umher, zum eingerahmten Batiktuch an der Wand, zu den Messing-Stupas auf der Kommode. Ihr Blick blieb an der fadenscheinigen beigen Seidendecke mit dem Hohlsaum auf dem Couchtisch hängen. Doris wartete. Herta nahm die Elfenbeinkugel von der Couchtisch-Ablage in die Hand. Jetzt nicht, dachte Doris, ich weiß, sieben Elfenbeinkugeln ineinander von außen nach innen geschnitzt. Ohne eine Kugel zu öffnen, sagte Herta laut.

Ja, genau, sagte Doris.

Sie hat mich Spionin genannt. Du deutsche Spionin hat sie gesagt. Immer wieder. Sonst nichts.

Doris rückte samt Puff näher an Herta heran.

Wer?

Griet.

Wer ist Griet?

Meine Freundin und Kollegin. Sie hat uns mal besucht in

Klein Wetzelsdorf. Du warst vielleicht 12. Weißt du noch?

Ja, eine kleine Frau mit blonden Haaren und einem komischen Hütchen. Sie hat mir nichts mitgebracht. Ihr habt im Garten in den Korbsesseln Tee aus dem chinesischen Porzellanservice getrunken und nur holländisch geredet. Ich habe euch noch die Servietten mit den Bambussprossen gebracht und bin gegangen. Beim Abschied hat sie gesagt: *Ik was te jong* und ist nie wiedergekommen.

Herta bewegte sich nicht.

War sie deine Freundin?

Hertas Nase zuckte einige Male.

Worüber habt ihr geredet?

Sie hat das chinesische Porzellan wieder erkannt. Wir haben uns über das Licht gefreut, das durch die dünnhäutigen Stellen des Porzellans auf unsere Seidentischdecke fiel. Wir hatten weiße Tropenkleider an ....

Doris schüttelte ihre Mutter ganz vorsichtig.

Mutti, als ich 12 war, vor 40 Jahren, was hat sie zu dem Vorwurf Spionin, den sie dir gemacht hat, gesagt?, fragte Doris, ihr Atem streifte Herta.

Sie hat ein paar Mal gesagt: Ich war so jung, so schrecklich jung. Wir haben nicht über diesen Vorfall geredet.

Was?

Sie war wirklich 10 Jahre jünger als ich.

Jetzt mal der Reihe nach, Mutti.

Drei Tage hat sie außer: Du Spionin nichts gesagt, dann nur Geschäftliches, sie hat mir meine Haushälfte und meine Möbel abgekauft für den Wert der Bahnfahrkarte zu Hanna und Jeroen, sagte Herta.

Also vor 40 Jahren habt ihr nicht über den Spionagevorwurf von Griet geredet, außer jung, jung, jung hat sie nichts dazu gesagt.

Doris spürte mehr als dass sie es sah: Herta zitterte am ganzen Körper. Doris setzte sich neben ihre Mutter auf das ungemütliche Sofa, legte ihren Arm um ihre zarten Schultern.

Sie hätte sich doch richtig entschuldigen müssen, sagte Doris, du warst doch keine Spionin.

Natürlich war ich keine Spionin, Herta richtete sich auf, aber in unserem Haus lief am 10. Mai 1940 ununterbrochen das Radio: Deutscher Angriff auf Holland. Alle Deutschen sind Spione. Alle Deutschen sind Spione wiederholte sich immer wieder. Wochenlang.

Griet war Lehrerin, deine Freundin, Kollegin und Mitbewohnerin und hat alles geglaubt, was im Radio gesagt wurde. Doris stand auf, lief im Zimmer herum: Nicht zu fassen.

Es war Krieg mit Holland von einem Tag auf den anderen, sagte Herta. Ich wurde sofort entlassen, mein Konto wurde gesperrt, niemand sprach mehr mit mir. Griet hat mir wenigstens zu Geld verholfen, damit ich zu Hanna und Jeroen konnte.

Na ja, sagte Doris, für 'n Appel und 'n Ei. Und keine Entschuldigung.

Sie ist mir zur Bahn nachgeschlichen und hat die Arme leicht am Körper runter geschüttelt, als Abschiedsgruß wohl, denke ich, sagte Herta.

Na ja, sagte Doris.

Das war in der Situation schon gefährlich für sie: Unterstützung einer Spionin, so was, denke ich, sagte Herta.

Ihre Stimme war heiser.

Doris rieb sich die Augen. Hast du dieses Jungsein als Entschuldigung betrachtet?

Vor 40 Jahren nicht ganz, heute komme ich eher zu einem Ja.

Herta richtete sich auf der Couch auf, strich ihren grauen Wollrock glatt.

Wenn ihr vor 40 Jahren geweint hättet, dann hättet ihr euch sicher weiterhin besucht?, fragte Doris.

Auf so eine Frage kann ich wirklich keine Antwort geben, sagte Herta. Aber was ich dir mitgeben kann, ist das: Ab Kriegsbeginn mit Holland waren alle Deutschen Spione. Dein Vater hat mir mal gesagt, er wäre vor Kriegsbeginn als Spion verhaftet worden. Da siehst du, wie die Stimmung unter den Männern war. In meinem Lehrerkollegium – alle waren Frauen – war Anfang Mai 1940 die Stimmung noch ganz normal.

Hat man an deiner Aussprache gehört, dass du Deutsche bist?

Nein, sagte Herta. Sie wussten es, weil ich keine Beamtin werden konnte.

Herta war jetzt endgültig heiser. Doris gab ihr einen Kuss. Danke, Mutti.

HERTA

Unsere geliebte Mutter, Omi und Uroma Herta ...

Sie war tot. Schlaganfall, noch kaum verständliche Worte, Nebel um Doris, orientierungsloses Herumfahren in der Stadt: Ich habe vergessen, wo das Krankenhaus ist. Bettnachbarinnen im Krankenhaus, die ständig Schuhe suchten, von Doris ans richtige Bett zurückgebracht. Die Worte ihrer Mutter, immer weniger, bis zum zweiten Schlaganfall. Doris sang ihr holländische Kinderlieder vor, las ihr aus *Wiplala, het kleine mannetje* vor. Bis zum Ende. Aber da war Doris nicht dabei. Niemand.

Alle waren bei der Beerdigung. Ein langes, schönes Leben hatte die Pfarrerin gesagt und es bewiesen. Ein Grab neben Vater, eine leise Kaffeegesellschaft mit Suppe und Rosinenbrot. Helles Licht durch große Fenster fiel auf weiße Tischdecken mit schwarzem Porzellan. Kondolenzkarten der Nichtanwesenden auf einem Stapel; Stimmen, die lauter und fordernder wurden; Gesichter, mit denen sich Doris noch unterhalten musste, der Reihe nach, alle durch. Kaffee wurde nachgeschenkt. Suppe und Kaffee träufelten auf weißes Tischtuch. Die Sonne blieb hell, die Gardinen weiß.

In den nächsten Wochen kamen Drucksachen und Pakete mit Fotos, Postkarten, Briefen, Hornkämmen, einem Elfenbeinkästchen, einem Hornvogel an. Von Herta über Umwege zu Doris. Telefongespräche mit sehr alten Damen über die Zeit in Niederländisch-Indien. Sehr interessant, aber die bringen alles durcheinander, dachte Doris, oder auch nicht. Sie nahm den Telefonhörer nicht mehr ab. Mein Rucksack ist voll, dachte sie, einfach voll; wenn ich jetzt noch mehr reinkippe, falle ich nach hinten und bleibe liegen. Zuziehen, Nadel ins gestanzte Loch, Lederspitze durch die Lasche, Rucksack auf den Rücken. Es muss gehen.

Abende später sagte Doris zu Peter: Die nächsten Ferien.

Jetzt die nächsten Ferien?, fragte Peter.

Ich muss weg. Mit dir.

Muss ich in jeden Ferien verreisen?

Ja!

Du verdienst dein Geld weiter. Ich verdien dann nichts.

Weit weg von allem, weit weg von der Schule.

Länger als zwei Wochen kann ich aber nicht.

Gut, zwei Wochen, ich such was Schönes für uns. Dir hat's jedes Mal gefallen, was ich ausgesucht habe.

Ja, schon, sagte Peter.

Durchfall inbegriffen, also Tropen oder gemäßigt oder Wüste, Trekking mit Sybille und Gerd, allein zu zweit in Europa, Städtereise, Studienreise in Gruppe?

Du machst das schon, brummte Peter, denk dran, nur zwei Wochen! Ja?

Doris stürzte ins Arbeitszimmer, klappte das Fach mit den Reisekatalogen auf, suchte die aktuellen heraus. Die ganze Welt in einem Fach. Es roch nach Meer, nach Kamelhaaren, nach tropischer Schwüle. Und sie durfte wühlen, Tabellen mit Vorschlägen anlegen, Reisehandbücher kaufen, im Internet surfen, mit Sybille und Gerd telefonieren und entscheiden. In ein paar Wochen wäre alles geregelt, und sie hatte jetzt vier

Wochenenden Zeit zu versinken. Im schönen Abwägen.

Peter würde sich aus allem heraushalten, sie allein würde die letzten zwei Optionen in Gedanken durchspielen und entscheiden. Dann würde sie das Organisatorische erledigen. Peter würde seufzend die entsprechende Kleidung und Ausrüstung für sie beide zusammensuchen oder ergänzen, sich um gefüllte Konten bemühen und Landeswährungen auftreiben.

Die Schlafdauer kurz vor der Abreise würde kürzer werden, aber eben angenehm kürzer. Und nach drei Tagen anderswo ist die Zeit zwischen den Ferien unbedeutend, dachte Doris, und ein bisschen gefährlich ist genau das Richtige zu vergessen, was man vergessen will.

Warum kommt eigentlich Indonesien nie in Frage?

Doris sah von ihren Katalogen auf, zuckte mit einer Schulter.

Willst du nicht sehen, wo und wie deine Eltern gelebt haben?, fragte er.

Terroranschläge auf Westler! Geht nicht, sagte Doris.

Bei anderen Staaten bist du nicht so genau, sagte Peter.

Es gibt dort nicht mehr viel von der Zeit vor dem 2. Weltkrieg zu sehen, hab ich gelesen.

Was ist mit den buddhistischen und hinduistischen Heiligtümern, dem tropischen Regenwald, den Bergen, den Vulkanen?, fragte Peter.

Es ist das Land meiner Eltern, es ist die Zeit meiner Eltern!

Das hindert dich?

Ja, ich müsste da stehen und spüren. Ich weiß nicht was. Also müsste ich lesen, die Geschichte des Landes genau kennen, und vielleicht würde ich trotzdem nichts spüren. Und da stehen. Zu anstrengend. Wo die Tropen an sich schon so anstrengend sind. Indonesien? Vielleicht später oder nie!

Eine Woche später sah Doris zufällig das Plakat:

Entnazifizierung in der britischen Besatzungszone mit besonderer Berücksichtigung von Ralte, angeboten vom Geschichtsverein Ralte. Es spricht Dr. F. Herbart aus Düsseldorf, Veranstaltungsort: Sozialzentrum Ralte, 1. Stock.

Da geh ich hin, dachte Doris, Nazifizierung-Entnazifizierung. Vater hatte immer wieder mit seinem Entnazifizierungsschein vor ihren Augen herumgewedelt: *This man talks too much.* Guckt mal, hier steht's. Hier der Stempel der Engländer, ich konnte gehen, und das obwohl sie wussten, dass ich mit Hitler im 1. Weltkrieg war, im Listregiment aus München. Ich hab die zwei englischen Offiziere in Grund und Boden geredet, dann war ich frei. Weg vom Auffanglager für Rückkehrer, gerade noch rechtzeitig vor Weihnachten 1946.

Diese Geschichte fand jeder gut, ich auch, dachte Doris. Keiner hat je den Wisch genauer betrachtet, da stand ja: *This man talks too much*, und das tat er ja auch bei jeder Gelegenheit, haha. Nicht mal Peter hab ich was gesagt, erst recht nicht Dieter, was da noch stand. Da, wo Vati immer seinen rechten Daumen drauf hatte, wenn er vor Zuhörern wedelte:

This man still has Nazi tendencies.

Dieter hatte ganze Arbeit verrichtet mit seinem Tadel: Sie hatte sich diesen Schein, den sie schon vor Jahren aus Hertas Mappe entnommen hatte, gut angesehen und was da stand, das stand da, dieselbe Handschrift wie: *This man talks too much.* Leger über den freien Raum für Mitteilungen verteilt. Mit Daumenabdruck. Von Vati.

Karge Stühle, ganz Ralte da, viele kannte sie. An den

Wänden hohe Regale mit dicken Wälzern, an den Fenstern Amtsstuben-Pflanzen mit Ausläufern dran.

Die Haupttäter wurden von den Engländern selbst befragt, ließ sich Dr. Herbart vernehmen.

Doris' Finger schnellte in die Höhe: Auch die Auslandsdeutschen, die aus der Internierung zurückkamen?

Alle Auslandsdeutschen wurden grundsätzlich von den Engländern vernommen, da einheimische Befragungskomitees, die von den Engländern aufgestellt wurden, über die Auslandsdeutschen nichts wussten, antwortete Dr. Herbart.

Das Räuspern, Flüstern, Rascheln nahm zu, als Gruppen genannt wurden, die gründlich untersucht wurden: Wirte, Polizisten, Richter, die Stadtverwaltung. Anfangsbuchstaben von Personen wurden genannt. Köpfe wurden heiß, Dünste intensiver. Eine Bekannte neben Doris flüsterte: Ich glaube, das ist mein Großvater.

Die Namen können Sie im Landesarchiv erfahren, sagte Dr. Herbart gleichgültig freundlich.

Dr. Herbart lächelte aufmunternd: Noch Fragen?

Wie war's in der französischen Besatzungszone?, fragte Doris.

Es ist zwar nicht mein Fachgebiet, aber ich kann Ihnen sagen, dass die Franzosen sich zuerst die Beamten, auch die Lehrer, vornahmen.

Genau so hab ich's Mutti erklärt, dachte Doris.

Mutti, du warst Repräsentant des Systems.

Aber ich war doch kein NSDAP-Mitglied, ich war nur im NS-Lehrerbund. Da musste jeder Lehrer rein. Trotzdem haben die Franzosen mich ins Gefängnis gesteckt und mich dann entlassen, hörte Doris Herta jammern.

Die Franzosen gingen sehr differenziert mit den Beamten um, sagte Dr. Herbart.

Versetzung, Pensionsminderung, Pensionsaberkennung, selten Gefängnis und Entlassung, das nur bei Haupttätern, führte Dr. Herbart weiter aus.

Differenziert! Doris richtete sich ruckartig auf, der Stuhlsitz schien sich aufzulösen, das Regal rechts an der Wand stand plötzlich schräg im Raum. Doris wusste jetzt, dass sie die Pflanzen auf den Fenstersimsen hasste.

Selten Gefängnis und Entlassung. Haupttäter. Es geht schon wieder los, dachte sie, ich kriege keine Luft mehr hier drin.

Andere waren in der Partei und denen geschah nichts, hörte sie wieder Herta sagen.

Das Rumoren in Doris ließ sich nicht mehr unterdrücken.

Ich muss raus, jetzt. Aufs Klo, dachte sie. An der Bekannten vorbei, vorbei an den nach Namen dürstenden Männern aus Ralte, an den jetzt schwankenden Regalen vorbei, an Dr. Herbarts jungem Gesicht vorbei. In die nächste NSDAP-Mitgliedschaft. Ihrer Mutter.

Auf der Straße ging Doris ziellos hin und her. Gehen hilft immer, gehen, gehen, dachte sie.

Sie waren damals durch den Wald gegangen, frisches Lärchengrün neben alten Zapfen und oben vom Berg der Weitblick über die Schafherde, Wiesen und Felder bis zum Jägerstand. Herta hatte gesagt: Ich habe doch die Hakenkreuze gar nicht mehr wahrgenommen, also konnte ich in der Schule doch die Bücher nicht richtig aussortieren. Die Hakenkreuze an den Landkarten unten habe ich gänzlich übersehen. Und dafür ins Gefängnis!

Mutti, das waren sichtbare Vergehen, vorzeigbare Vergehen. Sie mussten sich nach Jahren der Besatzung in Frankreich doch auch mal rächen. Vielleicht hat der französische Inspektor selbst Schlimmes von den Deutschen am eigenen Leib erfahren.

Ich bin krank geworden im Gefängnis, aber der Doktor, den Onkel Detlef irgendwie für mich organisiert hatte, hat mich in ein normales Krankenhaus verlegen lassen.

Doris hatte damals im Gespräch sich in Gedanken mehr mit dem Hitlergruß beschäftigt. Sie hatte ihre Mutter jeden Morgen den Hitlergruß ausführen und einfordern sehen.

Nichts heilt von alleine, dachte Doris nach dem Vortrag von Dr. Herbart. Hatte Dr. Herbart seine eigene Familiengeschichte auch erforscht? Doch hoffentlich!

Gib Gas, sagte Doris zu sich. Sie gab in den Computer ein: Frauen in der NSDAP, NS-Lehrerbund, Lehrer französische Besatzungszone.

Frauen in der NSDAP: Wenig, Frauen gehörten in die eigene Familie mit vielen Kindern,

NS-Lehrerbund: Ja, alle Lehrer drin.

Lehrerinnen in der NSDAP: Ja, auch welche drin, aber 1938 war NSDAP-Mitgliederstopp. Da war Herta ja noch in Batavia im holländischen Schuldienst. Da: Einzelne wurden doch in die Partei aufgenommen.

Doris seufzte: Ergebnis, was Herta betrifft: Nichts Konkretes.

Das Bundesarchiv mit dem Flachbau tauchte vor ihr auf mit einem Archivar, der zwei NSDAP-Mitgliedsausweise vor sie hinlegte. Doris schob den Schreibtisch mit dem Computer von sich, ihr Bürostuhl fuhr sie nach hinten.

Damals beim Blick über die Schafherde hatte Herta gesagt:

Doris, ich war so froh, dass ich nicht als Dolmetscherin der Deutschen in Holland eingesetzt wurde.

Doris hatte aufgehorcht: Verstehe. Zwischen den Fronten zerquetscht.

Herta hatte gesagt: Das will ich mir gar nicht ausmalen: Verhöre im besetzten Holland. Aber ich wusste, meine Ausbildung zur Lehrerin in Niederländisch Indien würde nicht anerkannt. Ich hatte Angst davor, was auf mich zukommen würde. Das Schicksal hat's mal wieder gut mit mir gemeint. Die Männer waren Ende 1940 an der Front, und man brauchte Lehrerinnen. Einklassige Volksschule im Schwarzwald! Die holländischen Papiere haben sie später anerkannt.

Hast du dich zu sehr angestrengt, warst du zu willfährig, Herta Stegmann, um diese schöne Stelle behalten zu können? Um nicht ins besetzte Holland geschickt zu werden? Das hatte Doris sich nie gefragt, nie gedacht. Das dachte sie jetzt. Der Flachbau setzte sich in ihrer Stirn fest.

Doris legte ihren schweren Kopf auf den Schreibtisch vor dem Computer. Augenlider fielen zu, Gedanken kreisten, schossen hin und her, rieben sich schmerzhaft, verloren jede Bahn:

Vater: Opfer, Täter, Opfer, Täter, Täter.

Mutter: Opfer, Opfer, Täter, Opfer.

Eltern: schwarz-weiß im Wechsel. Tasten zum beliebigen Drücken, Herta hatte ihr das Klavierspielen beigebracht. Schwarze und weiße, angenehm kühle Tasten, die zu Melodien wurden, Melodien, die sich von schwarzen und weißen Tasten lösten, Melodien, die Vater-Mutter-Land warm umhüllten.

Doris stellte sich unter die Dusche. Sie ließ heißes Wasser

an sich hinuntergleiten. Bis die Haut rot wurde. Sie wünschte sich, dass sich Hautfetzen ablösten. Ein neues Schuppenkleid sollte her, ein ganz eigenes. Meerjungfrau Doris, der aber zwei feste Beine wachsen mussten, die sie zum Bundesarchiv tragen konnten.

GEORG

Sie alle hatten Pflanzen mitgebracht zum Thema: Die Ruderalpflanzen als Überlebenskünstler. Manche Schüler waren an Gleisen entlanggezogen, um die Überlebenskünstler auszugraben – wie von Doris angeordnet. Manche hatten im Vorübergehen den Überlebenskünstlern den Garaus gemacht. Die wirklich Interessierten waren auf der Schlackenhalde herumgestiefelt, hatten die Überlebenskünstler leben lassen und nur versucht sie zu bestimmen. Biologie-1-Lilli hatte *Echium vulgare* mit Wurzelwerk mitgebracht. Doris nahm den *Gemeinen Natternkopf* in die Hand und zeigte ihn herum. Die Schüler würden nun mit Hilfe der Bestimmungsbücher Namen fabrizieren, die Bedürfnisse der Pflanzen in Gruppenarbeit erforschen und dann die Wettbewerbsfähigkeit von *Echium vulgare* erörtern.

Vielleicht könnte sie manchem Schüler die Augen für die Phänomene des Lebens öffnen. Viele Jungen würden die Stunde wieder langweilig finden. Alles in ihrer Hand. Sie drückte *Echium vulgare* zusammen, ließ sofort wieder locker. Sie würde den *Natternkopf* zu Hause in den Garten pflanzen. In gute Blumenerde mit viel Wasser.

Sie wollte nicht, dass die Schüler die rauen schmalen Blätter zerrupfen würden. Ansehen musste genügen. Eine Pflanze, die überlebt, auch unter widrigen Umständen. Dazu musste sie die anderen meiden, die ihr Luft und Licht wegnehmen würden.

Sie stand einsam und duftlos, aber fest und ausdauernd, blau leuchtend immer gegen die sie umgebenden Bedingungen kämpfend da.

In zehn Minuten kann ich mit meiner blauen Blume nach Hause gehen, dachte Doris.

Zu Hause rief ihr Peter entgegen: Doris, ich bau die Eisenbahnanlage auf. Im Wohnzimmer und zwar dauernd. Nicht wie Eduard nur um Weihnachten herum.

Doris machte den Mund auf und wieder zu.

Ins Wohnzimmer muss sie, basta, sagte Peter.

Er durchschritt den Raum.

Auf den Boden kommt sie, hier kommt das eine Stellwerk hin, da das andere. Das Führungspult macht sich hier ganz gut, das rote Bahnwärterhäuschen kommt in die Mitte, und du baust den Bahnhof und die Bäume und das Dorf auf und den Spielplatz mit den beiden Kindern und der Schaukel.

Nein, sagte Doris.

Nein? Doch! Zur Not muss eben alles ins Esszimmer. Ob das groß genug ist?

Nein, sagte Doris, es ist nicht groß genug.

Peter blieb stehen, musterte sie, den Kopf hielt er gerade, den Blick auch, seine Schultern waren leicht nach oben gezogen.

Es muss sein! Meine Anlage!, sagte er.

Ja, sagte Doris.

Ja, vorhin nein! Was denn nun?

Ja, mein Nein bezog sich auf den Spielplatz mit den Püppchen und der Schaukel, sagte Doris.

Peters linkes Auge zuckte schnell hintereinander. Doris hatte scharf auf diese Stelle geschaut und es bemerkt.

Peter ging auf Doris zu, fasste sie mit beiden Händen an den Schultern und schüttelte sie daunenleicht. Bäume, Dorf und Hollywoodschaukel und große Sonnenschirme, Blumen und Gras. Okay?, sagte er.

Dauernd?

Ja, der Bahnhof fehlt, den haben sie mir rausgenommen. Brauchst du nicht, haben sie gesagt und auch die Lokomotiven mitgenommen. Mein Übergang vom Onkel zum Erbonkel. Und der Transformator dürfte auch weg sein.

Wir kaufen alles nach, was fehlt, sagte Doris.

Sie schlang die Arme um Peters Körper, legte ihre Wange an seine Halsmulde: Alles, aber keinen Spielplatz, keine Schaukel, keine Kinderpüppchen.

Und die Leute?, fragte Peter.

Welche Leute? Wer's komisch findet, war das letzte Mal bei uns.

Kannst du dir vorstellen stundenlang mit mir zu spielen?

Klar, früher hab ich mit Dieter gespielt. Stundenlang. Ohne ein Wort. Nur das Surren der Eisenbahn, das Klingeln der Schranken, das Gemurmel der Leute vor dem Fenster, das Rauschen der Bäume, das Lachen der Kinder, das Knarren der Schaukel.

Doris stockte, wendete sich ab.

Peter drehte sich zur Treppe zum Dachboden hin: Komm rauf zu den Kisten und dann runter in die Kindheit.

Ja.

Peter sah sie noch immer an, seine Gesichtsmuskeln arbeiteten, sein Mund verzog sich immer wieder aus Neue: Ich habe mich erkundigt, wo's Märklin-Lokomotiven gibt. Berlin, die

Straße fällt mir auch wieder ein.

Können wir das mit einem Besuch im Bundesarchiv verbinden?, fragte Doris.

Peters Mund öffnete sich leicht, es kam aber kein Laut heraus.

Du Lokomotiven, ich Akten, sagte Doris.

Alles geht, sagte Peter.

Ich hab auch Akten über meine Mutter angefordert.

Alles geritzt, sagte Peter.

Diese Mal nehme ich ganz bestimmt nicht Reißaus, sagte Doris, packte die Henkelschlaufe ihrer jetzt braunen Hand--tasche fest mit ihrer linken Hand, gab Peter einen Kuss auf den Mund.

Ich fahre jede volle Stunde hier am Eingang vorbei und warte ein paar Minuten, sagte Peter.

Du bist mutig, sagte er noch, dass du allein gehen willst.

Mutig, kleinmütig, kleinmütig mutig, kleinmutig, irgend so was, sagte Doris. Sie winkte Peter noch und drehte sich zum Pförtnerhäuschen um.

War das derselbe Pförtner wie vor zwei Jahren? Nein, der hier war viel kleiner und dicker. Ich weiß alles, sagte sie zum Pförtner, ich war schon einmal hier.

Doris hatte gut geschlafen. Ihr Körper führte sie über die Plattenwege, dem grauen Flachbau zu. Die Stufen nahm sie mit Leichtigkeit. Sie hatte erwartet, dass sie vielleicht an der Eingangstür zögern würde. Die Eingangstür ging automatisch auf. Zur Garderobe und den Schließfächern folgte sie den Pfeilen nach rechts. Sie nahm ihren Kuli aus der Handtasche heraus, zur Sicherheit noch einen, dann die Klarsichtfolie mit den weißen Zetteln. Sie schloss ihre Handtasche ins Schließ-fach ein und steckte ihr Namenskärtchen ans T-Shirt. Sie folgte wieder Pfeilen auf dem Boden und an den Wänden. Die Klinke zum Besucherraum ließ sich nur schwer nach unten drücken. Dann war sie drin.

Doris Röder, angemeldet für 12.30 Uhr, sagte sie nach rechts zu dem Archivar am Schalter.

Alles lag bereit. Doris nahm die zwei blauen Mappen – eine leicht, eine schwer – und suchte sich einen freien Arbeitstisch.

Keiner sah auf. Sie blätterten in den Akten, rieben sich über die Augenbrauen, tippten auf Computern, einer aß eine Banane.

Doris schlug die leichte Mappe auf:
Herta Stegmann,
geb. am 23.1.1911 in Nürtingen,
NSLB.- Nr. 465824,
NSDAP.-Nr. –

Doris ließ sich gegen die Rückenlehne des Stuhles fallen und atmete aus. Sie hat mir die Wahrheit gesagt, dachte Doris, keine NSDAP, NS-Lehrerbund ja. Sie sah das Gesicht ihrer Mutter vor sich, die hellbraunen Augen mit den grauen Einsprengseln. Kind, was ist? Du kannst es mir sagen.

Danke, Mutti.

Doris schlug die andere blaue Mappe auf: Bericht der Zoll-fahndung über Georg Röder, geb. am 3. Juni 1895 in München. Doris blätterte: 35 Seiten. Was soll das? Wirtschaftssabotage 1936/1937, Sperrmarkschiebung, Erschleichung einer Devisengenehmigung, Zahlenkolonnen, Namen.

Muss ich nachher in Ruhe lesen, dachte Doris. Hat Vater

Geld zwischen Holland und Deutschland rumgeschoben, was die Nazis nicht wollten? Aber wo ist der NSDAP-Mitgliedsausweis? Soweit ich im Text sehen kann, wird er auch nicht als Parteigenosse bezeichnet. Nirgendwo.

Doris stand auf, ging zum Archivar an den Schalter.

Jetzt noch bitte den NSDAP-Mitgliedsausweis meines Vaters Georg Röder, flüsterte sie.

Aber Sie haben doch schon die NSDAP-Mitgliedskarte erhalten, donnerte der Archivar durch den Raum.

Die anderen Suchenden starrten weiterhin durch die großen schmutzigen Fenster.

Nein, flüsterte Doris, das war die von meiner Mutter.

Ogottogott, schallte es von einer Fensterseite zur anderen. Doris sah, wie sich die Barthaare des Archivars aufstellten, seine schlechten Vorderzähne bleckten ihr entgegen, und seine blauen Augen starrten sie an.

Die Sonne zog sich aus dem Raum zurück; die gerade noch sichtbaren Staubteilchen verklumpten sich zu einem Schlagball, der auf ihren Körper zuschießen würde, die Herzwand durchbohren würde und dann festsäße.

Für die anderen drehte sich die Welt weiter. Die Fenster waren jetzt nicht mehr so schmutzig, so ohne Sonne. Die Fingerpflanzen brauchten dringend Wasser.

Der Schlagball formte sich – und prallte ab.

Einen Augenblick, sagte der Archivar, strich mit Zeige- und Mittelfinger einer Hand seinen Bart glatt – das Blau in seinen Augen ging in Grau über – und er verschwand nach hinten.

Noch vor ein paar Monaten wäre sie nach Ogottogott mit Schlagball im Herzen zu ihrem Arbeitstisch gegangen, hätte

ihre eigenen Sachen genommen und über die grauen Linoleum-
fliesen zwischen all den gelangweilten Tischen durch hinaus-
gegangen und nie wiedergekommen.

Aber sie stand. Sie stand aufrecht. Sie stand locker da.

Es geht, Doris atmete aus, es ist ihr Leben, das ist mein
Leben, Nachlassenschaft abgewiesen.

Der Archivar kam mit leeren Händen zurück.

Keine NSDAP-Karte von Georg Röder, sagte er.

Er war also nicht in der Partei?

Das können Sie so nicht schließen.

Muss ich vielleicht in Den Haag vorstellig werden, da es sich
eventuell um einen Auslandsausweis handelt?

Alle, auch die im Ausland abgeschlossenen Mitgliedschaften
sind bei uns. Aber 20 Prozent der Karteikarten sind im Krieg
verlorengegangen.

Was, was ...?

Sie können also nichts schlussfolgern.

Nichts. Doris setzte sich wieder zur dicken blauen Mappe.
Sie war nur froh, dass sie saß. Sonst nichts.

Sonnenschein war nicht mehr zu sehen. Die Kohlmeise auf
der Eiche vor dem Fenster schaute sie an. Doris beugte sich
vor, die Kohlmeise zögerte, flog dann weg. Doris streckte den
Hals vor, folgte der Kohlmeise, setzte sich auf ihren Hals und
flog mit ihr bis weit hinter die Hochhäuser.

Aber die Erschleichung der Devisengenehmigungen lag an.
Warum war Peter nicht da? Sie würde wahrscheinlich nur die
Hälfte verstehen. Sie wollte verstehen.

Jude .... Tatsächlich eine Sperrmarkverschiebung, die vom
jüdischen Emigranten Rosenfeld zugunsten von Georg Röder

inszeniert worden war. Vati hatte einem Gottseidank recht-zeitig emigrierten Juden geholfen, seine Firmengelder von Deutschland nach Holland zu hieven. Das hätte er doch ohne weiteres erzählen können. Natürlich fiel für ihn da was ab. Jetzt kam's: Wirtschaftssabotage, falsche eidesstattliche Erklärung. Röder geständig. Empfehlung des Zollinspektors an die Staats-anwaltschaft: Wegen Schwere des Vergehens sollte der Volks-gerichtshof Berlin zuständig sein.

Seite 35 Ende der Akten.

Doris stand auf. Volksgerichtshof, das Wort schon. Und drinnen: schreien, geifern, fuchteln und dann die Urteile.

Wo ist mein Archivar? Sie drehte sich, sah ihn zur Tür hereinkommen, stürzte auf ihn zu, hielt ihm die blaue Mappe entgegen: Die Folge-Akte, bitte!

Er nahm ihr die Mappe ab, las Seite 35, drehte dann Seite 35 um und sagte: Sehen Sie, was hier steht.

Doris las: Verfahren eingestellt: 16. 10. 1937.

Ja, aber, sagte Doris.

Es gibt keine weiteren Akten mehr, sagte der Archivar.

Doris fasste in ihre Hosentaschen. Kein Pfefferminz, kein Taschentuch. Nichts! Was zu trinken müsste ich auch dringend haben, dachte sie.

Ich brauche weitere Akten – sie hörte kaum ihre eigenen Worte. Wo?

Der Archivar nahm das Tiefblau in seine Augen zurück.

Sie könnten bei der Deutschen Dienststelle, der WASt, nach der Beschäftigung ihres Vaters im Dritten Reich fragen, schriftlich, hier ist ein Antragsformular.

Ja werde ich machen, sagte Doris.

Sie blieb noch am Schalter stehen, überlegte, was sie noch fragen könnte.

Der Archivar nahm die Mappe, drehte sie vorsichtig, schlug auf, schlug um.

Ach, sehen Sie, hier ist noch ein Stempel, rechts unten, ganz schwach. Dann wissen Sie, wer das eingestellt hat.

Er griff nach der Lupe: Staatsanwaltschaft Arnsberg!

Staatsanwaltschaft Arnsberg hab ich doch schon mal gelesen, dachte Doris. In welchem Zusammenhang?

Wer denkt, sieht dumm aus, dachte sie und drehte sich um. Sie ging langsam zu dem dunklen Tisch ganz hinten im Raum hinter der Zimmerpalme. Da kam was in ihr hoch, das sollten blaue Augen nicht verfolgen.

Klar, Siglindes Briefmappe als unbedeutend abgelegt, und jetzt war alles klar:

Wenn von der Staatanwaltschaft noch mal Fragen kommen sollten, dann Herr Kurt von Dolin ....

Es sind wohl noch nicht alle Mitarbeiter der Staatsanwaltschaft Arnsberg entsprechend informiert ....

Von Dolin, der alte Freund, hatte alles mit dem Justizministerium geregelt ....

Wenn die Leute reden sollten, dann geht's um Steuerfragen, die vom früheren holländischen Geschäft herrühren ....

Doris legte die Arme verschränkt auf den Tisch und ihren Kopf in die Beuge des rechten Arms. Ihre Nase triefte.

Peter, hol mich, dachte sie.

Sie wusste plötzlich ganz sicher, was sie in ebenso einem Raum wie diesem hier bei der Deutschen Dienstelle WASt erwarten würde.

Dicke schwarze Aktenordner auf einem langen hellen Spanplattentisch, der sich unter der ganzen Fensterreihe ausbreitete. Auf den oberen Etiketten stand immer: Spionageabwehr Niederländisch-Indien 1939/40. Auf den unteren Etiketten standen römische Zahlen. Vor jeder Rückwand eines Aktenordners lag ein Zettel mit:

Bericht Georg Röder Akte III, Kapitel 7

Bericht Georg Röder Akte V, Kapitel 12

Bericht Georg Röder Akte IX, Kapitel 4

Bericht Georg Röder Akte XII, Kapitel 6

Bericht Georg Röder Akte XX, Kapitel 8

Georg Röder, immer Tee trinken, viel reden, viel schreiben und nach Berlin melden, sehr viel Tee getrunken, immer heiß und mit Zitrone und Fotos verschicken – Schiffe im Hafen von Batavia – und ein Filmröllchen vor der Verhaftung noch schnell im Fluss verschwinden lassen.

Ich habe keinem geschadet.

Geschenkt! Sagen alle.

Wegen meiner Berichte hat Deutschland bestimmt nicht Rotterdam bombardiert.

Bestimmt nicht, aber da sind ja noch mehr solche wie du.

Geht mich nichts an.

Hast du geschrieben:

Fazit von Georg Röder: Das gesamte Militär in Niederländisch-Indien ist nicht neutral.

Hm, nicht so direkt.

Und hat dein Auswerter darunter geschrieben:

Fazit von Georg Röder deckt sich mit anderen Berichten:

Die Niederlande sind nicht neutral.

Weiß nicht.

Abteilung Canaris: Deutsche Handlungsfreiheit ist gegeben.

Ich habe damit nichts zu tun.

Doch!

Die schwarzen Aktenordner mit den schwarzen Buchstaben auf weißem Papier verschwammen vor ihren Augen. Der erste fiel, fiel auf den nächsten, der fiel auf den übernächsten, schwarz-weiße Dominosteine fallen nacheinander, fallen geordnet, nicht aufzuhalten, fallen endlos bis es knallt, wieder knallt, Türen knallen, vor ihr, vor Vati.

Doris hob die herabgefallenen Aktenordner vom Boden, legte sie an den Tischrand. Es war nicht wiedergutzumachen, nie: 14. Mai 1940. Schwarze Bomben zwischen hellem Himmel. Auf Rotterdam.

Doris hielt sich keuchend am Tisch fest.

Der Archivar kam mit einem Glas Wasser: Trinken Sie, und dann gehen Sie ein paar Schritte an der frischen Luft draußen, das tut Wunder.

Besorgtes Blau tat gut. Kaltes Wasser tat gut.

Doris setzte die Füße bewusst, einen nach dem anderen, schaffte es bis zur Terrasse. Die drei Stufen nach unten veränderten ständig ihre Höhe, verwandelten sich von Granit zu gelber Butter und zurück. Kleiner Schritt in die Butter; Schritt auf Granit; Schritt in tiefe, weiche Butter. Der Plattenweg war Plattenweg. Stramm am Pförtner vorbei zu Peter.

Kein Peter, kein Auto. Er hätte da sein sollen, nicht wie verabredet, sondern wie benötigt.

Doris sank mit den Knien auf spitze Steine. Au, wollte sie

sagen, aber es war keine Stimme da. Ich, die Letzte der Linie, ich, die Krone der Schöpfung, eine Krone ohne Unterbau, lächerlich.

Sie packte die Kieselsteine neben ihren Knien, zielte auf Vorbeifahrendes. Das erste Auto blutete, das Fahrrad zuckte. Ein Mensch schrie sie an. Was? Unverständlich. Wohl: Schuldig, schuldig, schuldig.

Zwei Menschen zogen sie hoch, tätschelten ihre Wangen. Sie konnte stehen. Danke, sagte sie. Bitte, sagte sie, und gab einem Menschen den letzten weißen Kieselstein aus ihrer Hand in die seine.

Peter, er war da. Sie ließ sich in seine Arme fallen. Todmüde. Er bettete sie auf die Rückbank, streichelte ihren Haaransatz bis sie sich der Rücklehne entgegendrehte.

Nach Hause, sagte sie.

Ja, sagte Peter.

Ohne Krone, murmelte sie noch.

Was, sagte Peter, meine Prinzessin trägt immer eine Krone.

Zu Hause stellte sie sich vor das Foto ihres Vaters, sah ihm in die Augen. Er lächelte sie mit seinen warmen Augen an. Sie lächelte nicht zurück, fuhr mit dem rechten Zeigefinger einmal rund um den Rahmen herum. Sie ging mit dem Kopf näher an das Bild heran, suchte auf dem dunklen Papier die tief in den Augenhöhlen liegenden braunen Augen. Verletzliches, um Liebe heischendes Lächeln seiner Augen.

Doris nahm das Foto von der Wand ab, ging zur nächsten Stehlampe, sah mit viel Licht noch einmal seine Augen an. Ja, ein verletzliches, sogar scheues Lächeln.

Sie legte das Bild mit dem Gesicht nach unten auf das

bestickte Deckchen auf der Wäschekommode.

Vorläufig, sagte sie laut, bis ich, ja, bis ich … ich weiß nicht.

Doris ging ins Badezimmer, ließ heißes Wasser ins Bad und schüttete die halbe Flasche tropischer Duftträume hinein. Sie ging ins Wohnzimmer zurück, füllte den porösen Stein mit Fichtenduftöl und stellte ihn auf die Heizung.

Später am Abend schob sie sich im Bett von hinten an Peter heran. Wohliger Petergeruch strömte von ihm zu ihr, keine säuerliche Andeutung, er hatte also keinen Stress.

Doris versuchte sich an den Geruch des Vaters zu erinnern. Sie atmete tief durch. Anders als Peters Geruch. Ihr Vater hatte immer nach Vati gerochen, keine Abweichung ins Unangenehme, steter, gleicher, beruhigender Geruch, sogar, wenn er ärgerlich war, eigentlich roch er dann noch intensiver nach Vati.

Peter, wie rieche ich?, fragte sie.

Gut natürlich.

Und wenn ich aus dem Bundesarchiv komme?

Na ja, stärker, sagte er.

Ist stärker gleich besser?

Weißt du, wir wandern jetzt mehr, gucken, wie wir das Haus verschönern und gestalten den Garten um. Okay?

Und du kümmerst dich um die perfekte Beleuchtung drinnen und draußen.

Mit dir.

DIETER

Ich muss Dieter alles mailen, aber das möchte ich jetzt eigentlich gar nicht; ich möchte in den Garten, sagte Doris zu Peter, weißt du, ein Garten mit unserem Stempel: Eden drauf.

Peter kaufte Rosen mit wundersamen Namen und Rhododendren in Rhododendren-Farben und lila Hortensien, grub tiefe Löcher, pflanzte ein, legte komplizierte Bewässerungsanlagen und setzte japanische Ahornsorten mitten auf den Rasen. Schön, sagte Doris. Unkraut bekämpfte er mit Planen und Gartenmulch. Doris assistierte. Fertig, sagte er eines Tages.

Ich baue mir noch ein kleines rundes Beet. Das gieß ich aber mit meiner Gießkanne, sagte Doris. Sie kaufte runde Umfassungssteine. Beim Umgraben schwitzte sie so, dass das kleine runde Beet noch kleiner werden musste. Sie drückte Zwiebeln, Knollen, Samen von Sommerblumen hinein. Ob die Pflanzzeiten richtig waren, interessierte sie nicht.

Es darf kommen, was will, auch Unkraut, sogar Löwenzahn, sagte sie zu Peter.

Noch Wünsche, Prinzessin?, fragte Peter.

Eine Himbeerhecke, am Zaun da hinten, Himbeeren für alle Jahreszeiten, sagte Doris.

Willst du Himbeermarmelade machen, eines Tages vielleicht?

Nein, Himbeeren gehören gegessen oder in Joghurt zerdrückt, wie Vati und ich das ganz früher immer gemacht haben, sagte Doris.

Sie setzte sich vor die noch nicht vorhandene Himbeerhecke auf den Campingstuhl.

Damals während der ganzen Kindheit gab's in der Schonung hinterm Haus Himbeeren, Milchkannen voll. Mit Vati. Stundenlang in der Schonung, immer war's heiß. Die mit Maden ins Kröpfchen, die ohne ins Töpfchen, hat Vati immer gesagt. Dann haben wir gelacht und mit viel Hmms nur die Himbeeren mit Maden gegessen. Maden sind Himbeeren haben wir gerufen, sie fressen ja nur Himbeeren. Mutti bekam die ohne Maden.

Doris stand auf, drückte die Kindheit aus den Gedanken weg und ging aufs Haus zu.

Ich kann mich jetzt zwingen zu recherchieren. Dieter wird dieses Mal nicht sagen, ich würde ungenau arbeiten. Du musst heute Abend allein einschlafen, sagte sie zu Peter.

Peter knurrte.

Na, sagte er nach der Recherchenacht, was sind die Ergebnisse?

Das willst du wirklich und wahrhaftig wissen?

Ja, natürlich!

Kurt von Dolin war ein hohes Tier in der Spionageabwehr von Canaris. Hier auf dem Stuhl die Ausdrucke aus dem Internet; hier die gesammelten Briefe von Vater und Siglinde, in denen der Name von Dolin vorkommt. Dieter wird zufrieden sein. Dieses Mal war ich genau.

Doris nahm die aussortierten Briefe ihres Vaters in die Hand und wedelte mit ihnen vor Peters Gesicht herum.

Hier fehlt der erste Buchstabe, hier ist was verwischt. Hier fehlt das ‚von'. Wenn von etwas Finanziellem die Rede ist, taucht er auf: Das sollte von Dolin erledigen.

Alles bereit für Dieter. Ich schick es ihm und kopier noch eben das, was ich über das Devisenvergehen, die falschen eidesstattlichen Erklärungen, die Provisionen an meinen Vater vom rechtzeitig nach Holland geflohenen Juden Rosenfeld, die Empfehlung der Zollbehörde, alles dem Volksgerichtshof in Berlin zu unterbreiten, die Einstellung des Verfahrens und das, wo es bei mir geklingelt hatte: die Staatsanwaltschaft Arnsberg, der dann ein Kurt von Dolin Anweisungen geben konnte. Lückenlos und verständlich. Ich bin zufrieden mit mir, sagte Doris laut.

Und jetzt muss ich mich kämmen und die Zehennägel schneiden, sagte Doris, und die Zähne ganz gründlich putzen.

Zehennägel schneiden finde ich gut, sagte Peter, du kratzt beim Baden.

Was?

Du bist nie entspannt, da kannst du wenigstens die Zehennägel schneiden.

So, sagte Doris.

Ungekämmt und ungewaschen saß Doris vor Dieters Antwort-mail.

Wenn man einen Stein umdreht, kommt Unappetitliches hervorgekrabbelt, hatte Dieter gemailt.

Doris sah den Bildschirm an. Antworten, nur ein leichter Druck auf eine Taste.

Als Kinder haben wir gerne zusammen Steine umgedreht und geguckt und sonst nichts. Wir haben unsere Finger ins Gekrabbele der Kellerasseln, Käfer, Würmer und Maden gesteckt ohne die Tierchen zu verletzen und waren glücklich.

Leider sind wir erwachsen und meinen für alles Metaphern entwerfen zu müssen.

Doris starrte vor sich auf die letzte weiße Stelle des Schreibtisches. Sie drückte keine Taste.

Die Bundesarchiv-Aufzeichnungen lagen noch ganz rechts außen auf dem Schreibtisch. Zahlen will Dieter haben, dachte sie, ja, hier gibt's Zahlen, Provisionszahlen für ihren Vater, ja, auch einige Nullen in den Zahlen. Ja, er hat geholfen, ja, er hat profitiert. Ist Rosenfeld rechtzeitig weggekommen?

Das muss ich rausfinden. Und welche Rolle spielen die Spionageabwehr-Berichte für den Angriff auf Holland? Rosenfeld da, Vatis Berichte Anfang 1940 aus Batavia auf der anderen Seite, hoffentlich war Rosenfeld mit oder ohne Geld weiter nach England oder in die U.S.A. geflohen. Ja, recherchieren!

Doris atmete nur noch stoßweise. Das Visier ist offen, der Helm muss jetzt dringend ab. Der Harnisch drückt, aber erst muss die Lanze der Gerechtigkeit entsorgt werden: als Verzierung im Vorgarten in die Erde spießen. Der Harnisch kann im hinteren Garten den Vögeln Schutz bieten. Jetzt noch das Schwerste, vom Ross zu steigen. So hoch, so entsetzlich hoch.

Doris erhob sich aus dem Bürosessel, schob ihn weg, zog den Balance-Hocker heran, setzte sich drauf und fing an zu schaukeln.

Ganz aufs Reiten muss ich ja nicht verzichten, seufzte sie, ich heiße Doris Siglinde und nicht Jeanne d'Arc.

Dieter kriegt keine e-mail vom mir, gar keine. Sendepause. Sie nickte, zog den Hocker näher an den Computer heran, sah ihren Computer an, antwortete auf Dieters e-mail: Elisabeth war Vatis Lieblingskind, das ist das Ergebnis meiner Briefe-recherchen. Denk dran, er hat Elisabeth nicht allein gelassen. Er hatte nur diese Möglichkeiten: Gefängnis oder Nieder-ländisch-Indien mit Spionage.

Doris ging zur Wäschekommode, Vati lag immer noch mit dem Gesicht nach unten da auf dem bestickten Deckchen.

Komm, sagte sie und sah ihn an, auf die Plätze, fertig, neben Mutti an die Wand.

Ganz vorsichtig strich Doris mit einem Finger am Rahmen entlang.

Komm endlich ins Bett, rief Peter aus dem Schlafzimmer.

Tiere raten, Tiere aus Niederländisch-Indien. Vati und sie unter dem weißen Laken, das sie von der grünen Wolldecke abgeknöpft hatten. Tapp, tapp, was ist das? Elefant wollte sie schon rufen, aber sie hatte Tiger gesagt, damit der Elefant noch schwerer oben über die Laken trampelte, bis auf ihre Nase hinab. Elefant, viele Elefanten. Bei Affen durfte man nicht einfach Affen sagen. Genauer hatte Vati gerufen. Gibbon! Sehr gut! Und jetzt? Orang Utan! Gut, was heißt Orang Utan auf malayisch? Waldmensch! Prima, und jetzt?

Etwas hatte in ihre Nase gebissen.

Krokodil! Und was hat es im Magen? Meine Nase!

Nein, vielleicht deine Spionagefilme, sagte Doris laut ins Bild.

Ich warte, rief Peter von oben.

Doris gab Vaters Bild noch einen Schubs, sodass er etwas schief an der Wand verharrte.

Ja, ich komme, rief sie.

Draußen vor der Tür warteten jeden Tag ihre Laufschuhe.

Sie sah die letzten Tests noch an, gab im Zweifelsfall die bessere Note, dann endlich konnte sie die rote Jogginghose und die immer schmutzigen Laufschuhe anziehen und losrennen. Durch den Wald, dem Ausblick auf die Berge entgegen. Den Birken am Wegrand strich sie beim Vorbeilaufen über die weiße, brüchige Rinde. Bei den Eschen hob sie einen Arm und fuhr mit der Hand leicht durch die Fiederblätter. Eines Tages würde der Stamm der Stieleiche zu dick sein, um ihn zu umfassen. Aber trotzdem könnte man ihn weiterhin umarmen, dachte Doris. Bei der Marderfalle sah sie nach, ob sie wieder einen Igel retten könnte. Das nächste Mal werde ich so lange mit ihm reden bis er sich ausrollen und vor meinen Augen wegrennen würde.

Die Berge waren in der Abendsonne alle zu sehen: der Gugel-hupf, die Nase, sogar der schiefe Krater. Rehe kreuzten in der Ferne den Weg. Es roch nach Lärchengrün, es roch nach ihrem Rex, der Sitz machen musste und so bleiben musste bis die Rehe schon lange verschwunden waren. Doris sang: Rehchen in der Grube, fraß und lief. Es kamen nur Keuchlaute aus ihr heraus, aber innerlich sang sie rein. Niemand sagte: Du singst falsch. Peter saß wohl vor dem Fernseher und schimpfte über Abstraktes. Morgen würden sie beide ins Theater gehen und *Stützen der Gesellschaft* ansehen. Doris kicherte und keuchte stärker.

Sie blieb stehen und ließ ihre Arme kreisen. Liegestütze für die schlappen Oberarme wären auch mal ganz gut, dachte sie.

Aber sie hatte keine Lust, sie wollte nur laufen und dann zu Peter. Du bist mein Mann, mein Geliebter, mein Freund, mein Kind, mein Vater würde sie sagen. Er würde seinen Verdruss über die Weltwirtschaft vergessen und sie anschauen, lachen und den Bauch nicht einziehen.

Dieter ist in den letzten Jahren immer dünner und länger geworden, dachte Doris beim nächsten Familientreffen. Das Motto war eigentlich nicht Gewichtszunahme ja oder nein, sondern: Wer 30 wird oder geworden ist, muss gemeinsam einladen. Doris und Dieter beide saßen auf alten, wurmstichigen Holzstühlen unter dem hohen Walnussbaum. Die anderen waren zum Badesee hinuntergegangen. Der See unten war dunkel, der Wald rundherum dicht; ab und zu war ein Juchzer vom See her zu hören. Durch die Walnussblätter zog ein leichter Wind, am Horizont ballte sich ein Gewitter zusammen.

Dieter legte seine Wange an die Rinde des alten Walnussbaumes, sah über den Horizont hinaus ins Schwarze und sagte: Ich habe dir noch eine ganze Kiste mit Material von meiner Mutter mitgebracht, die kannst du jetzt zerwühlen.

Doris richtete sich auf, suchte Dieters Augen: Hör ich da einen Vorwurf oder ist das jetzt deine Trauer um Elisabeth?

Hinten im Kofferraum in meinem Wagen. Du kannst von mir aus gleich anfangen, du kannst es doch nicht lassen, sagte er.

Du willst, dass ich alles bekomme, und willst es doch nicht, sagte Doris, vielleicht willst du die Briefe von deiner Mutter rausnehmen und mir die Sachen von meinem Vater und deiner Oma geben. Dann musst du aber erst einmal alles durchgucken.

Du kriegst alles, aber meine Mutter rührst du nicht an, zischte Dieter.

Was soll das jetzt? Doris wollte aufspringen, aber sie wusste, ihre Beine würden wegknicken.

Du lässt die Toten nicht in Frieden! Dieter sah Doris jetzt

an, die Rinde an seiner Wange bröckelte beim Sprechen ab.

Es gibt so etwas wie Totenruhe, sagte er.

Du hältst wohl gerne schöne Bilder hoch: Seht her, unsere liebe Mutter ist hier; seht her, unser lieber Opa/Vater ist hier; seht her, meine liebe Oma ist hier. Dann können sie in ihren Rahmen endgültig erstarren. Für immer tot.

Doris' Mund war trocken, Speichel klebte in ihren Mundwinkeln.

Dieter wippte mit dem Stuhl nach hinten.

Mach, was du nicht lassen kannst. Aber Aussagen über meine Mutter sind erst einmal bei mir vorzubringen. Jede Aussage muss durch eine zweite Quelle belegt werden, das weißt du doch hoffentlich.

Doris sagte nichts. Sie hob den Kopf Richtung Himmel. Regentropfen setzten auf ihrem Gesicht auf, rannen an den Nasenflügeln vorbei in den Mundfalten nach unten auf ihren Schoß.

Du musst dir das Material schon selbst aus dem Auto holen, sagte Dieter. Er stand auf, drehte ab Richtung Haus.

Peter komm, dachte Doris, komm vom See zurück, du willst doch auch, dass mein Vater aus seinem dunklen Ahnenbild heraus in Richtung Leben marschiert und mit seinen Augen sein Kind sucht.

Der See war dunkler geworden, der Wald war dunkler geworden, das Gewitter war auf dem Rückzug.

Dieter ging ins Haus und schlug laut die Tür zu.

Doris schloss ihre Augen, die Hände wurden zu zwei Fäusten.

Nicht mit mir, sagte sie ins Nirgendwo. Sie strich sich mit beiden Händen von der Stirn bis zum Kinn.

Hab verstanden, dachte sie, Schongang für Dieter. Ich mach's ganz ohne dich. Trotzdem vielen Dank für das Material. Doppelt belegen, von mir aus. In einem Jahr vielleicht bist du über den Tod von deiner Mutter weg, dann können wir wieder in den Clinch gehen.

Sie stolperte dem dunklen See entgegen. Peter kam mit den anderen aus dem Waldstück heraus. Doris legte ihre Stirn an seine und schob ihre Nase an seine große.

Ist was?, fragte Peter.

Kartons mit alten Briefen aus Dieters Auto holen, brauch dich. Sofort, sagte Doris.

Jaja, sagte Peter.

Schon wieder ordnen, lesen, ordnen. Steine umdrehen, Gekrabbele deuten. Und dann ist auch noch Dieter komisch, sagte Doris.

Und du bist in seinen Augen nie komisch?

Das interessiert mich nicht. Doris runzelte die Stirn.

Ich weiß, was wir machen, sagte Peter, setz die Prinzessinnenkappe auf, wir fahren noch eine Runde.

Sein-mein neues Cabrio, dachte Doris.

Sie schob die Louis-Armstrong-CD rein, machte den Reißverschluss der Jacke zu.

Über die Landstraße und Landwirtschaftswege, da sind wir allein auf der Welt, sagte sie.

Peter mit Sonnenbrille und seiner Panama-Schirmmütze, Benzin war genug da, oben Sonne und außenherum Wind. Doris ließ die Rückenlehne weit nach hinten gleiten, rutschte tief ins Leder, die rote Prinzessinnenkappe hob sich hinten, der Schirm der Kappe verdeckte ihre Augen.

Wie damals, dachte sie, wie damals mit Lena. Im Schulbus. Damals von der Stadt ins Dorf mit fünf Haltestellen dazwischen.

Spielen wir: Mit Freund im Auto. Na klar. Trompeten im Radio, der Freund im Profil, am Steuer, beide Hände immer am Steuer, immer im Profil, immer Trompeten aus dem Radio, vermischt mit Geruch von Leder und dem Hautgefühl von Sonne und Wind. Lena und sie waren noch tiefer in die Schulbussitze gerutscht und hatten: schneller, schneller gedacht und mit geschlossenen Augen die kurzen Haare lang und länger im Wind flattern lassen. Endlich ein fester Freund. Zwanzig Minuten im Wind jede Rückfahrt. Zwanzig Minuten Glück jeden Tag.

Heute ist's echt, sagte Doris zu Peter.

Er lächelte kurz. Im Profil. Er fuhr langsam, fuhr die Kurven sorgfältig aus, obwohl kein Auto zu erwarten war.

Es hat lange gedauert, sagte Doris.

Sein Gesicht bewegte sich ganz kurz ihr zu.

Dir geht's gut, sagte er.

Ob er wirklich verstanden hatte, was sie meinte, war egal. Nur sie beide. Auf dieser Welt.

Und die Akten hinten im Kofferraum. Und Dieter im Nacken.

Die Kappen und Kartons blieben in der Garage zurück.

Später, sagte Doris.

Lass die Sachen aber nicht vergammeln, sagte Peter.

Doris öffnete einen Karton, nahm die oberste Mappe: Briefwechsel Generalmajor Jacques Reek und Georg Röder 1939/40 raus.

Da war es wieder: Das Gefühl von leichter Übelkeit und gleichzeitigem Hunger. Es wird sich nicht gedrückt, dachte

Doris, jetzt erst einmal das hier retten vor dem Verfall, und wenn ich mich stark fühle, wenn ich vorher eine Banane und Vanillejoghurt gegessen habe, mir die Hände gewaschen habe, dann bin ich reif. Sie trug die Mappe ins Arbeitszimmer und knickte ein großes Eselsohr in den Aktendeckel.

Sie setzte sich an den Computer. Sie gab ein: Rosenfeld jüdische Firma 1936. Nach zwei Stunden merkte sie, dass sie nie wissen würde, ob Vaters Rosenfeld überlebt hatte. Es gab ja Initiativen, die jüdische Firmengeschichte ausbaldowerten.

Ich muss das nicht wissen, ob genau dieser Rosenfeld überlebt hat. Wozu? Um nachher die Balkenwaage in die Hand zu nehmen: Auf der einen Seite ein geretteter Jude, auf der anderen Seite drei bespitzelte hohe Offiziere oder so ähnlich.

Willst du ein Wurstbrötchen?, fragte Peter.

Nachher, erst noch den Angriff auf Holland.

Doris' Herz klopfte stark. Ich habe doch keinen Kaffee getrunken, und geschichtliche Tatsachen bleiben doch außerhalb des Körpers, dachte Doris.

Bitte ein Wurstbrötchen mit Tomate und einem Salatblatt und ein Radler und für dich das Gleiche, rief sie Peter in der Küche zu.

Und dann verordne ich uns Bettruhe, dachte Doris.

Geh schon mal ins Bett, ich geh den deutschen Angriff auf die Niederlande an. Drei Stunden mindestens, sagte Doris.

Was hast du gestern Nacht herausgefunden? Peter saß im Schlafanzug im Leder-Schwingsessel und las die Tageszeitung.

Beim Wissensquiz lieg ich bei 72 Prozent, sagte Doris.

Was? Er legte die Zeitung auf den Boden.

Ab und zu muss ich mich am Computer auch wohl fühlen.

Ach, du machst dann Quiz über den Krieg, Hitler und Batavia?

Ja!

Und was tut sich im Nicht-wohl-fühl-Bereich?

Doris sah auf das Loch vorne in Peters Filzpantoffel.

Hitler hat den Angriff auf das neutrale Holland schon Monate vorher geplant, sagte sie.

Peters großer Zeh schob sich durch das kreisrunde Filzloch. Hab ich doch immer gesagt; was immer dein Vater berichtet hat, es war ohne Bedeutung! Leicht schaukelte Peters Schwingsessel durch den Morgen.

Doris stand noch immer aufrecht im Schlafanzug da. Sie legte den Kopf etwas schief, zog den Speichel glucksend nach innen und sagte dann: Hitler hat vor dem Angriff 59 Seiten Memorandum verfasst. Punkt 1: Die Presse und das öffentliche Leben in den Niederlanden zeigen deutschfeindliche Tendenzen. Da hat mein Vater wohl mitberichtet.

Und wie hat Hitler es ausgedrückt, dass er angreifen muss? Lass mich raten! Er muss die Neutralität der Niederlande sicherstellen!

Ich glaube, du würdest die Quiz alle mit 99 Prozent gewinnen.

Und sie hätten die Franzosen und Engländer begünstigt, steht da sicher auch noch irgendwo in den 59 Seiten.

Der große Zeh war durch. Peter merkte nichts davon.

Ja, 100 Punkte für dich; aber, dass es anderthalb Stunden Zeitunterschied zwischen Holland und Deutschland gab, wusstest du nicht, sagte Doris, hab ich rausgefunden beim Vergleich holländischer und deutscher Quellen.

Sie ließ sich auf den zweiten Schwingsessel fallen und beobachtete Peters großen Zeh.

10.–14. Mai 1940 gab's unterschiedliche Zeit, am 16. Mai 1940 gab's nur noch deutsche Zeit.

Dein Vater ist doch in dem ganzen Geschehen – auch wenn du ihn aufplusterst – ein ganz kleines Licht im südostasiatischen Raum, sagte Peter und suchte mit einer Hand nach der Tageszeitung.

Doris versuchte Peters großen Zeh mit ihren nackten Füßen in den Filzpantoffel zurückzuschieben.

Hör zu, sagte sie, es geht mir darum: Hat er seine Freunde verraten?

Verrat, Verrat, immer so große Worte.

Gut, dann eben so: Hat er das Vertrauen seiner Freunde missbraucht?

Doris stand abrupt auf, trat Peter mit Absicht auf den Lochpantoffel. Peter zog den Fuß zurück, er sah sie nur mit großen Augen an.

Ich musste da jetzt mal drauftreten, weil ich mir jetzt die Mappe: Briefe Jacques Reek – Georg Röder zu Gemüte führe, sagte Doris.

Das einzige Opfer weit und breit bin ich, sagte Peter.

GENERALMAJOR

Doris wollte Reek sehen. Ein Foto von ihm. Im Internet.

Verwischtes Gesicht, riesiger Armeehut, Festtagsausführung sicher. Er sieht so schottisch aus, dachte sie. Die Stationen seiner Militärlaufbahn, alles klar, der Höchste. Die Kapitulation vor den Japanern März 1942 hatte er unterzeichnet. Sein japanischer Kriegsgefangenenausweis: Viele wunderschöne japanische Zeichen, viele Fehler in der holländischen Rechtschreibung. Gelebt hat Reek von 1888 bis 1972. Ach ja, eine Frau und einen Sohn.

Doris legte die Briefe nach Datum geordnet hin. Alles Durchschläge, getippt. Die Briefe, die Reek geschrieben hatte, da stand handschriftlich: Abschrift obendrauf. Vaters Schrift war das; ebenso all die Verbesserungen mit Tinte oder Bleistift. Vaters Schrift, eindeutig. Alle Durchschriften waren gelocht, leicht beige-gelb von der Zeit gefärbt, eingerissen, eingeknickt oder eingerollt am Rand, der Zeilenabstand je Brief mal eng, mal weiter auseinander. Zum Teil waren die Briefe mit rostigen oder nicht-rostigen Büroklammern zusammengeheftet. Die Briefe rochen nach nichts, die Mappe roch nach nichts.

Doris legte Vaters Briefe links untereinander hin, Reeks Briefe rechts untereinander.

Sitzen bleiben, dachte sie. Lesen!

Sie las mal da, mal dort. Die holländische Schreibweise von früher, wie schön eigenartig: sch statt nur s, aa, ee, oo, uu an den falschen Stellen.

Hat Hitler die Einwohner von Deutschland glücklicher gemacht? Reek fragte, und Doris lief es heiß und dann kalt und wieder heiß den Rücken hinunter. Der höchste Militär in Niederländisch-Indien und dann so eine Frage. Was noch?

Einmal Hitler ohne Sentimentalität hören und sehen, dann kann man kein Hitleranhänger mehr sein. Das sagt so einer mit einem lächerlichen Hut. Doris hielt ihre glühenden Backen, japste.

Hitler hält die Leute in ständiger Unruhe, damit sie nicht nachdenken können. Ja, er hält sie mit Propaganda und Hetze dumm.

Diese Worte griffen sich sofort ohne Umwege das Herz, kneten es unregelmäßig. Doris versuchte ruhig und regelmäßig zu atmen. Wenn mein Vater das gemeldet hat, war zumindest klar, dass das holländische Militär in Niederländisch-Indien nicht neutral war.

Doris, rief Peter von der Tür her, fertig?

Lass mich in Ruhe, schrie Doris.

So schlechte Laune?

Ich bin jenseits von guter und schlechter Laune, ich muss mich selber jetzt zusammenhalten. Das geht jetzt nicht von außen. Sprich mich nicht an, sagte Doris.

Ob Peter etwas sagte oder nicht, wusste Doris später nicht mehr. Vor ihr war eine – aus ferner Zeit – moderne Analyse über Hitler, über Deutschland. Einer, der von weit her die Zukunft richtig einschätzte, der über das Danzig-Korridor-Problem schrieb, über den Nichtangriffspakt mit Russland. Er ahnte, dass es ein langer Krieg werden würde. Noch hatte er

Hoffnung, dass Holland draußen bleiben konnte, dass Niederländisch-Indien weit weg vom Schuss war.

Und dann ihr eigener Vater. Doris kratzte sich im Augenwinkel, in der Halskuhle, an den Unterarmen. Damals war er ja noch nicht mein Vater, dachte sie; was sofort ein Jucken am Nacken auslöste.

Wir haben zwei verschiedene Väter, hatte Elisabeth mal gesagt, ich hatte den, der nie zu Hause war, den Abenteurer, einen, der nie Geld hatte und du den Familienmenschen, alles mit neuer Frau und Nachkriegstochter.

Doris faltete ihre Hände, damit sie sich nicht mehr kratzte. Sie wusste, dass sie jetzt Vaters Briefe lesen würde, dass der Vergleich mit Reeks Briefen ihr wehtäte. Im Kopf und am ganzen Körper.

Ich denke immer an den Soldaten in Pompeji, der in strammer Haltung ausgegraben wurde, schrieb Vater an Reek. Soldatisch, auch wenn die Lava den Tod brachte. Wenn alle Deutschen diese Haltung zeigten, könnte sie keiner in die Knie zwingen.

Doris musste aufstehen, im Wohnzimmer herumgehen und weiterlesen. Das Schicksal ist es, der unglückselige Vertrag von Versailles, vieles ist tragisch; auch, dass die germanischen Deutschen und die germanischen Engländer nicht zusammengekommen sind. Und noch einmal der Versailler Vertrag. Das Geschick. Keine Analysen, sondern Klagen, Selbstmitleid. Aber er bestellt über Reeks Frau in Holland Droste-Schokolade und Wick Vaporub für seine Familie in Deutschland.

Liebe Elisabeth, dachte Doris, er war immer im Einsatz für seine damalige Familie. So viele Briefe, so viele Regelungen von Geldangelegenheiten.

Doris setzte sich auf einen Stuhl mit harter Lehne.

Da kommt schon wieder der Name: von Dolin vor. Hat von Dolin den Brief im Brief Nr. 17 schon beantwortet? Stand schwarz auf weiß.

Doris kniff sich immer wieder in die Nase. Das musste sie Peter erzählen: Mein Vater hat seine eigene Frau als Kurier genommen. Und sollte sie Dieter erzählen, dass seine Oma ein Kurier war und das auch wusste?

Peter sag ich immer alles, ob Dieter weiß ich noch nicht.

Peter kann ich auch sagen, dass mein Vater viele andere Leute als Kurier benutzt hat. Ob die das immer wussten? Ich weiß nicht. Ob ich immer richtig schlussfolgere, weiß ich auch nicht. Von doppelt belegen bin ich weit entfernt.

Doris kniff die Pobacken zusammen. Keine Ausreden.

Er war es. Der mit dem Festtagshut. War er's? Er war es. Ich muss nur mit Vati an der Hand den Weg geradeaus weitergehen, auf dieses Haus zu.

Doris starrte auf das braun-beige Batiktuch aus Batavia an der Wand. Wenn die Blätter und Vögel da drauf zu einem braunen Brei verschwimmen, dann ....

Ich hab's doch schon einmal geschafft, dachte Doris, damals, als ich wusste: Die Taschenlampe lag vorher auf dem Tisch im Lehrerzimmer, und als der Schüler draußen war, war sie weg.

Alles ist da, ich muss nur in mir die Türen öffnen.

Doris knetete Denkfalten in ihre Stirn. Es kam keine Gestalt, kein Gesicht zum Vorschein. Der Knall einer zugeschlagenen Tür, und sie hatte Vati an der Hand. Immer noch.

Doris gab Landhäuser in den Niederlanden in die Suchmaschine ein. Herrenhäuser in Drenthe, ich komm der Sache näher. Da der lange Weg mit Buchsbaumkinderköpfen rechts und links, weißer Landsitz, vier gerillte weiße Säulen, rechteckige Fenster mit grünen Fensterläden, der kleine ovale Balkon über der hohen Tür mit dem schmiedeeisernen Geländer. Neben der Tür zwei Nischen mit Statuen. Hinten links hinter dem Haus der Teich. Ja möglich, alles möglich, aber die Nischen mit den Statuen, ich weiß nicht, dachte Doris.

Doris las sich laut vor: Neoklassizistisch, heute Anwaltskanzlei.

Recht und Gerechtigkeit, ach die auch, das passt ja, dachte sie.

Der Name Reek tauchte bei der Aufzählung der Vorbesitzer nicht auf. Er könnte ja auch zur Miete gewohnt haben.

Doris bearbeitete mit ihren Fersen den Fußboden. Nicht rhythmisch.

Das muss ich alles Peter sagen; wir müssen nach Drenthe, Landhäuser angucken. Vielleicht dringe ich dann durch. In die Kindheit.

Sie stützte sich mit ihren Fingern auf den Computertisch und drückte sich hoch. Ja!

Nein, sagte Peter, ich glaube, das bringt nichts. Und ich möchte einfach schöne Häuser ansehen, ohne dir ständig auf den Hinterkopf zu tätscheln zwecks Erinnerungsankurbelung.

Aber das Haus ist doch eingebrannt, hier irgendwo im Hinterkopf. Oder sitzt das Gedächtnis in der Stirn?

Was du wohl machen könntest, sagte Peter, wäre Hypnose.

Nein, sagte Doris.

Hypnose bei einem Psychotherapeuten.

Nein, sagte Doris.

Da geschieht mit dir nur, was du willst, sagte Peter.

Nein, geht nicht, sagte Doris.

Überleg dir's, sagte Peter.

Doris drehte sich weg. Ende der Fahnenstange.

Komm runter, sagte Peter, ständig so viel Adrenalin im Blut ist auch nicht gesund.

Ja, sagte Doris.

Ich lass Wasser einlaufen, Eukalyptusbad dazu und Chopin, ich glaube, das tut dir gut.

Ja, sagte Doris.

Komm ins Bad, alles fertig, rief Peter.

Eukalyptusdampf waberte durchs Badezimmer, ein Klavier hämmerte aus den Boxen. Doris stieg ins Bad, machte die Augen zu. Sie spürte Peter auch ins Bad gleiten. Er massierte ihre Zehen, ihre Knöchel erst außen, dann innen.

Doris atmete tief aus. Ich räume alles gleich weg, alle Kartons ins Gartenhäuschen.

Peter fasste wieder mit an. Ohne Murren.

Ein Karton öffnete sich nach unten. Zettel und Briefe entwischten auf den Teppich.

Wir regen uns nicht auf, wir sammeln alles ein.

Peter, meine Stütze, dachte Doris.

Er hielt ihr ein Blatt hin. Guck mal!

Der feste Durchschlag flatterte leichthändig von Peter zu Doris.

Doris blieb stehen, Peter räumte allein weiter. Dem Gartenhäuschen zu.

Es geht immer weiter, dachte Doris. Sie zwang ihre Augen aufs Blatt: 16. Juli 1947, betr. Entnazifizierung.

Lieber Rolf, ich arbeite jetzt im Verlag, brauche deshalb demnächst ein unbelastet bei der Spruchkammer. Kannst du eine eidesstattliche Erklärung abgeben, daß ich 1938 aus der Partei ausgetreten bin. Ich wäre dir sehr verbunden.

Dein Georg.

Das ist es, dachte Doris, das fehlende Puzzlestück!

Sie zog ihren Pulli aus, ihr Unterhemd, ihre Schuhe, ihre lange Hose und legte alles ordentlich über die nächste Stuhllehne. Mit dem Blatt ließ sich nicht genug kühle Luft heranfächeln. Doris bewegte sich außen nicht mehr.

Puzzlestück 1: 1933 Eintritt in die Partei, er selbst hat's in einem Brief erwähnt.

Puzzlestück 2: 1937 Anklage wegen Devisenvergehens wird fallen gelassen.

Puzzlestück 3: 1939 als Spion in Batavia.

Puzzlestück 4: 1958 Besuch bei bespitzelten Freunden in Holland mit kleiner Tochter an der Hand.

The missing link: Warum ist seine NSDAP-Mitgliedschaft bei allen möglichen Archiven nicht aufzufinden?

Logische Antwort: Der Austritt ist mit der Partei abgesprochen, damit er seine alten Freunde in Niederländisch-Indien unbefangen aushorchen kann.

Alle Puzzlestücke passen, dachte Doris und the missing link lässt sich nahtlos dazwischen drücken, wenn ich's will. Keine Luft, nirgendwo, dazwischen.

Doris schob ihre Atemluft über die Vorderlippe ins eigene Gesicht. Sie schloss die Augen. Weg, weg.

Peter kam vom Gartenhäuschen zurück, pustete ihr mit gespitzten Lippen kühle Luft ins Gesicht. Ein Hauch mit

Zahnpasta kühlte etwas. Doris öffnete die Augen.

Ich muss wieder in Blättern wühlen, sagte sie.

Dorislein flieg, dein Vater ist im Krieg, sang Peter und sagte dann leise: Im Krieg, um den Krieg und um den Krieg herum.

Meistens hast du Recht, und an fertige Puzzles stößt irgendwer irgendwann, sagte Doris.

Jetzt hast du auch Recht, sagte Peter.

Sie zog sich wieder an.

Immer wieder Blätter mit schwarzen Buchstaben drauf, sagte sie.

Sie ging in den Garten Richtung Gartenhäuschen, blieb vor dem Pflaumenbaum, ihrem Lieblingsbaum, stehen. Er war cremig-weiß vor schmutzig-grauer Mörtelwand. Er wuchs eng an der Wand entlang steil nach oben, drückte sich mit seinen vorne abgesägten – von ihr abgesägten – Zweigen von der Wand weg. Oben thronte das Blätterweiß über vermoostem Dach. In ein paar Wochen würde er mattgrüne Blätter haben, die das absolute Weiß unterlaufen würden. Der Gang der Dinge, nein der Natur, dachte Doris.

Doris holte einen Karton. Den, bei dem schon einiges herausgefallen war. Doris las.

Alles Briefe, die zum Persilschein für ihren Vater führen sollten. Alle von 1947, ausgestellt von Freunden. Aus dem Bibelkreis, aus dem CVJM, der Bekennenden Kirche, den v. Bodelschwinghschen Anstalten Bethel. Er hatte sicherheitshalber andere Briefe, die zu Persilscheinen geführt hatten, als Beispiele mitgeschickt.

Sehr schön formuliert, die von der Kirche sind über die Vorlagen hinausgewachsen, dachte Doris.

Der Pg., der zweifelte.

Der Pg., der als Hitlers Regimentskamerad aus dem 1. Weltkrieg Zugang zu ihm hatte und für den CVJM eintrat.

Der Pg., der Hitler über kirchliche Fragen aufklärte.

Der Pg., der es ablehnte, aus seiner persönlichen Beziehung zu Hitler Vorteile für sich selbst zu ziehen.

Der Pg., der 1938 aus der Partei austrat.

Die Tatsache des Austretens hat er mir persönlich mitgeteilt, las Doris da und zog die Mundwinkel mal zur einen Seite und dann zur anderen.

Der Pg., der nicht bespitzelte oder denunzierte.

Doris' Augenlider zuckten.

Ach ja, nicht die Deutschen hat er bespitzelt. Stimmt wohl. Er war ja in Batavia. Zum Bespitzeln der Holländer. Doris atmete schwer aus.

Sie dachte an Dieter. Mitteilen oder Nichtmitteilen.

Dieter war eindeutig das Lieblingsenkelkind ihres Vaters gewesen. Das könnte sie jederzeit beschwören. Die vielen Stiche plötzlich im Bauch, wenn Vati erst nach Dieters Hand griff statt nach ihrer. Die Stich-Ewigkeiten, wenn er Dieters Hand länger hielt als ihre. Schoßsitzen hatte sie gewonnen, aber sie war ja auch ein Mädchen. Aber nur Dieter konnte Vati in Rage bringen. Freundliche Blicke von Vati: Fifty-fifty. Dieter war Gott sei Dank nur in den Ferien da.

Nein, Dieter nicht.

Hast du in all den Stunden ein für dich erfreuliches Papier gefunden?, fragte Peter.

Ja, das Büchlein der Bekennenden Kirche. Wo ist es? Dunkelgrüner Einband, DIN A5, murmelte Doris.

Sie durchwühlte alles auf dem Boden Liegende: Zettel, Briefe, Broschüren, Bücher, Bilder, Fotos. Sie schob den Sessel beiseite, legte sich platt auf den Teppich, um unter das Regal zu schauen.

Vielleicht hab ich's in eine deiner Schubladen gelegt, sagte Doris.

Bestimmt nicht. Hast du noch nie gemacht, sagte Peter.

Zum Kuckuck, verstecke ich das Heft vor mir selbst?

Ach was, du bist nur unordentlich, sagte Peter, guck mal, systematisch Stapel aufzubauen ist doch ganz einfach.

Das geht doch nicht, wenn ich lese, sagte Doris.

Setz dich erst mal ganz ruhig hin. So! Und jetzt erzähl mal, was in der Schrift der Bekennenden Kirche über deinen Vater stand.

Ein Gespräch von Ewigkeitsbedeutung stand da. Zwischen meinem Vater und Hitler. 1934 in Berchtesgaden. Beim Treffen der Überlebenden des Bayrischen Listregiments. Mein Vater hatte all die Punkte angesprochen, die vorher mit der Bekennenden Kirche abgesprochen waren. Es ging um die Vereinnahmung der Bekennenden Kirche durch den National-sozialismus. Hitler hätte aber angefangen zu brüllen.

Doris sprang auf.

Peter, ich weiß es wieder, das mit der Brüllerei, das hat mein Vater mir erzählt, zweimal hätte er was im Auftrag der Bekennenden Kirche zu Hitler gesagt, das wäre aber immer in Brüllerei ausgeartet. Ja, das hat er mir erzählt. Mein Vater, so ein kleiner Luther. Von der Freiheit eines Christenmenschen. Jetzt such ich aber gründlich. Ich will genau den Wortlaut in der Broschüre lesen.

In meinen Schubladen ist bestimmt nichts, sagte Peter.

In seinen Schubladen war wirklich nichts, was sie suchte.

Ich lass die Broschüre jetzt, dachte Doris.

Schatz, hilfst du mir, die drei großen Batiktücher aus Batavia aufzuhängen, rief sie dorthin, wo sie Peter vermutete.

Jetzt?

Ja, jetzt! Es sind zu viele weiße Wände da.

Doris legte Hammer und Nägel bereit, die Trittleiter holte sie aus der Abstellkammer und spreizte sie vor der weißen Wand.

Ja, so ist es halbwegs gerade, sagte sie.

Passt das farblich, da ist so viel hellgrün drin?, fragte sie.

Jetzt ist alles kuschlig! Jetzt habe ich Lust Geburtstagskarten zu schreiben, sagte sie.

Doris zog die schönen Karten aus den Kunstmuseen der Welt aus Peters Schublade mit dem Etikett: Kunstkarten. Sie griff zielsicher nach dem *verjaardagskalender* ihrer Mutter im 3. Stock ihres Regals links vorne. Fotos der Familienmitglieder oben auf den Seiten, Geburtstage mit Geburtsjahr einer Zahl zugeordnet unten auf den Seiten. Ganz viele im *verjaardagskalender* verjährt, kein Anspruch auf mehr Leben.

Da müsste ich eigentlich Kreuze dahinter machen und das Todesjahr hinschreiben, dachte Doris, ich lass alles wie's ist. Nichts ist verjährt, nicht euer Leben, nicht mein Anspruch auf Zugriff auf euer Leben, nicht mein Leben. Alles ist immer da.

So, wer hat Geburtstag? Sie hob die Blätter vom Monat Mai an über die Spirale am Kopfende und ordnete den Namen Kunstkarten zu.

Au ja. Monika wird 85. Tatsächlich.

85. verjaardag von Monika, schrie sie durchs Haus, wir fliegen hin. In den Sommerferien. Nach Neuseeland.

Wollten wir doch schon immer mal, sagte sie zu Peter.

Aber Monika hat doch gesagt, als sie das letzte Mal bei uns war, dass man nicht in unserem Sommer nach Neuseeland kommen sollte, sagte Peter, zu kühl und keine Zentralheizung.

Ich schwitze doch sowieso immer, wenn ich mit jemandem von früher oder ganz früher rede.

Du hättest doch schon mal vorher mit ihr reden können, sagte Peter.

Doris sah ihm in die Augen. Sie zuckte nicht mit der Wimper.

Jetzt, jetzt bin ich reif. Zum Klartext. Monika und ich haben immer über Bücher geredet. Jetzt ist nur wichtig, dass sie in Batavia geboren ist, dass sie 1939/40 in Batavia war, dass sie meinen Vater seit 1950 kennt. Also, ich muss, muss jetzt hin. Ich muss mit jemandem reden, der was weiß, ich kann nicht mehr in Akten kramen, das macht mich verrückt.

Doris zuckte jetzt doch mit den Augenlidern, sie sah an Peter vorbei auf die hellgrüne Fläche des neu aufgehängten Batiktuches.

Fliegst du mit? In den Sommerferien? Frierst du mit?

MONIKA

Monika stand schon da und wartete. Sie hatte ihren grauen flauschigen Wintermantel an, ihre klobigen Winterstiefel an den Füßen, ihr schickes blaues Hütchen auf und strahlte Vati und Doris durch dicke Brillengläser an. Sie ließ die braune Reisetasche auf den Boden gleiten und schüttelte Hände. Ich freu mich so. Wir freuen uns so. Wie war die Fahrt? Kalt ist's bei euch. Kälter als in Amsterdam?

Sie setzte sich vorne neben Vati und rieb sich die Hände. Ich bin so froh. Mutti bereitet alles vor, sie freut sich auch so. Kommen wir den Berg hinauf? Es ist glatt, aber der VW meistert alles.

Schnee lag auf den Ästen der Tannen. Einzelne Autos rutschten aber nur ganz leicht in ihrer Fahrrinne. Es fing wieder an zu schneien. Auf dem Schlitten würde Monika Doris morgen durch den Wald ziehen, Rex würde nebenher laufen und beim ersten Reh bellen, am Bach würden sie über die dicken eisigen Steine hinüberbalancieren.

Das Schachbrett wartet schon, sagte Vati, und alle Figuren.

Monika lachte, griff in ihre Manteltasche und holte einen Droste-Schokolade-Buchstaben heraus, ein Droste-D von Doris für die liebe Doris. Hier bitte vom holländischen Nikolaus. Dankeschön. Hatte sie auch ein G und ein H mitgebracht? Da gab's ja noch die Reisetasche mit noch mehr Geschenken zu Weihnachten.

Die Fahrrinnen verschwanden, alles weiß. Wir: die ersten, die einzigen. Vati sagte nichts mehr, die Reifen knirschten.

Tee und Zimtsterne wünsche ich mir, sagte Monika.

Kerzen waren da und Tee und auch noch Bärentatzen und Springerle. Batavia lag schnurrend auf Monikas Schoß. Klara mit den unkämmbaren Haaren saß an ihrem Puppentisch vor ihrem eigenen Puppen-Service. Gleich würden sie über Batavia reden.

Stell doch schon mal die Schachfiguren auf, im Wohnzimmer, kleines Tischchen, sagte Vati.

Doris klappte das Schachbrett mit den Perlmutteinlagen auf, legte es vorsichtig auf das kleine Messingtischchen, holte die Holzschatulle mit den Schachfiguren. Zuerst den Haken aus der Lasche ziehen, die Figuren aus Elfenbein in die Hand nehmen und auf das richtige Quadrat setzen, weiße Dame auf weißes Feld. Alles aus Batavia. Doris ließ die Pferde nach vorne gucken.

Es war die Hölle.

Doris richtete sich auf, lauschte, die Tür zum Esszimmer war offen. Sie redeten von Batavia.

Die Holländer haben mich, uns schlecht behandelt, sagte Vati.

Nein, nein, sagte Monika, nicht die Holländer. Ihre Stimme kippte weg.

Sie haben das dritte Schiff untergehen lassen beim japanischen Fliegerangriff, sagte Vati, keine Kennzeichnung als Kriegsgefangenen-Transportschiff, keine Rettungsboote, die anderen holländischen Schiffe drehten ab. Kriegsverbrechen.

Vatis Stimme war sehr laut geworden, ein Stuhl knallte auf den Boden.

Ich war zum Glück Gefangener auf dem ersten Schiff!

Wir Holländer sind keine Kriegsverbrecher, nein, das glaube ich dir nicht. Monika weinte schon beim Sprechen.

Doch!

Lass Monika in Ruhe, sagte Mutti, sie hat doch so Schweres bei den Japanern durchgemacht.

Sie sagten nichts mehr, keuchten etwas. Dann kamen Vati und Monika ins Schachzimmer, sie lächelten Doris an.

Na, dann wollen wir mal, sagte Vati, du bist weiß, Monika.

Doris saß mit Klara und Batavia neben Monika auf der Couch. Lange dachten Vati und Monika nach, Doris durfte mit den rausgeworfenen Figuren spielen. Batavia machte einen Katzenbuckel und putzte sich mit der Pfote hinter dem Ohr.

Doris, Pferdesprung weiß!

Mal gewann Vati, mal Monika.

Hat der eine den anderen gewinnen lassen?

Erst jetzt nach mehr als einem halben Jahrhundert stellte sich Doris diese Frage. Wahrscheinlich ja, immer insgesamt unentschieden, das gibt's doch gar nicht. Sieben Jahre an Weihnachten das immer gleiche Ritual von Ankunft Kleinwetzelsdorf bis Abfahrt Kleinwetzelsdorf.

Jetzt nach dem Abflug von Frankfurt lag viel Zeit zum Nachdenken vor Doris. Über Monika, ihre holländische Kusine. Über Hanna, Mutters Schwester – Deutsche bis zur Heirat mit Jeroen. Über ihr Zusammenleben mit Herta in Batavia. Über Deutsche, Holländer, Japaner.

Doris räkelte sich im Sessel, zog die leichte Decke über die Beine, stellte die Rückenlehne hoch. Peter schlief. Wie die meisten Passagiere. Einige sahen sich noch Filme an. Das Flugzeug dröhnte angenehm leise.

Doris suchte sich einen Film aus. Ah, Steven Spielberg: Das Reich der Sonne. Ein 12-jähriger englischer Junge im japanischen Camp, das passt, dachte sie, Monika musste ungefähr 20 gewesen sein, als sie von den Japanern interniert wurde.

Peter muss den Film auch ansehen, dachte Doris.

Peter schnarchte leise. Es kostete Doris Mühe, ihn nicht zu wecken. Allein mit Gefühlen, wogend von da nach dort, weinen; an den falschen Stellen weinen? Und über allem der rote Sonnenball mit weißem Untergrund.

Sie ließ die Blende an ihrem Fenster hoch. Noch war alles schwarz, mit Andeutungen von Helligkeit.

Die Sonne würde gleich aufgehen und mit ihr das Reich der Sonne, in ein paar Minuten. Die ersten Lichtstreifen fielen auf die Spitze des Flugzeugflügels, Licht verschwand, erschien wieder an der Spitze.

Mutter war sicher gewesen in Japan nach ihrem Rausschmiss aus Batavia. Vater war im ersten Schiff, das dritte war auf seinem Weg nach Britisch-Indien von den Japanern bombardiert worden, und die Holländer hatten alle deutschen Kriegsgefangenen absaufen lassen. Und Monika hatte vor Jahren vor versammelter deutscher Verwandtschaft gesagt: Wenn die Atombomben nicht gefallen wären, hätte ich nicht überlebt. Niemand hatte das hören wollen.

Jetzt im Flugzeug kam orangegelbes Licht am Horizont auf, das in die Augen einzog, sich ausbreitete über den Bauchnabel bis zu den Fußspitzen.

Doris griff nach ihrem Kissen auf dem Boden, platzierte es hinter ihren Nacken. Jetzt kein roter Sonnenball auf weißem Wolkengrund. Sie zog die Blende runter, kramte nach ihrem

Ohropax in den Hosentaschen. Die anderen Passagiere wälzten sich unruhig in ihren Sesseln. Peter schmatzte leicht mit den Lippen. Das Frühstück würde sie wahrscheinlich verpassen. Monika zu allen Mahlzeiten einladen, nicht vergessen, dachte sie noch.

Monika wartete vor ihrem grau gestrichenen Holzhäuschen. Die Tür des Zauns war offen, und sie saß auf ihrem Rollator in der Öffnung. Wahrscheinlich wartete sie seit Stunden so. Doris und Peter waren zu spät.

Monika lächelte als Doris und Peter aus ihrem Mietwagen ausstiegen.

Ja, da könnt ihr parken, rief sie.

Vorsichtiges Umarmen und Küsschen rechts und links und nochmal rechts, dann rollte sie voran zur Haustür des kleinen Häuschens.

Nicht erschrecken, sagte sie, alles ist ganz praktisch eingerichtet, ich muss überall drankommen.

Zwei mühsame Stufen zur Tür, dann Regale mit Büchern bis zur Decke, auch Kunstdrucke an der Wand.

Alles holländische Maler, dachte Doris. Ob Monika genug Leute zum Holländischsprechen hat.

Wir werden deutsch sprechen wegen Peter, sagte sie zu Doris.

Alles in Reichweite. Doris und Peter machten sich zwei Sessel frei und setzten sich. Tee stand bereit. Rosinenbrötchen mit Käse belegt lagen im Brotkörbchen. Fotos und Briefe hatte Monika herausgesucht und auf die Couch gelegt.

Ich habe keine Pflanzen, weil mir das die Vermieterin verboten hat. Ich würde alle Pflanzen total vertrocknen lassen, und die rieselten dann auf den Boden.

Blumen kaufen, notierte sich Doris auf ihren Gedächtniszettel.

Monika, unsere Geschenke!

Monika schlang den van Gogh-Seidenschal um ihren Hals.

Passt genau zu diesem Pullover, sagte sie, oh, endlich wieder ein holländisches Buch, Conny Palmen, prima. Und einen Bildband über Europas schönste Städte, Reihe Architektur und Kunst. So schwer und um die halbe Welt. *Dank je wel.* Und Amsterdam, Weltkulturerbe, wie schön.

Sie blätterte im Bildband.

Wie kommt ihr eigentlich mit dem Linksfahren zurecht?

Wir fahren immer beide, sagte Doris, einer fährt echt und der andere sitzt quasi in Gedanken auch immer am Lenkrad. Nach rechts: großer Bogen; nach links: kleiner Bogen. Und links halten, links halten, links halten, laut sagen, wenn lang kein Gegenverkehr kommt.

Bist du eigentlich noch Holländerin?, fragte Peter.

Ja sicher, auch wenn ich schon Jahrzehnte hier bin.

Du bist doch in Batavia geboren. Warst du mal wieder dort?, fragte Peter weiter.

Ja vor einigen Jahren. Die Bäume hinter unserem Haus habe ich umarmt. Das Haus war nicht mehr da. Einige Gebäude habe ich wiedererkannt, jetzt alles Regierungs- oder Verwaltungsgebäude. Aber ich wusste vor meinem Flug nach Indonesien, dass ich enttäuscht sein würde. Das haben mir andere Jugendsucher schon erzählt gehabt.

Kannst du uns was über deine japanische Internierung erzählen?

Peter geht aber ran, dachte Doris, wir sind doch noch beim

allgemeinen Wie geht's.

Das geht nicht so einfach, sagte Monika, ich habe jahrelang japanischen Studenten englisch beigebracht, um mir beizubringen, japanische Gesichter zu ertragen.

Peter beugte sich leicht vor, sah Monika in die Augen, sagte aber nichts.

Doris kaute an ihrem Daumennagel. Ich muss Monika unbedingt einen ganz großen Strauß Blumen kaufen, dachte sie.

Monika griff nach einem Buch auf dem Regal neben der Couch. Alles in Reichweite.

Hier mein Buch: *The Skies Above Are Clear Again.* Mit Zeichnungen anderer Lagerinsassen. Es gibt nämlich keine Fotos von japanischen Lagern. Ich habe meine Erlebnisse verarbeitet. Ich versuche damit anderen zu helfen, auch damit fertig zu werden. Hier in Neuseeland ist nicht viel Interesse für mein Buch. Ich habe auch noch ein holländisches Manuskript geschrieben. Da ist meine Seele drin.

Monika schwieg. Ihr Gesicht war starr, sie sah auf den Boden.

Holzdielen, alles in Neuseeland ist verholzt, dachte sie.

Kannst du weinen?, fragte Peter Monika.

Ja, ich kann wieder weinen, sagte sie, aber nicht jetzt, wo ihr da seid. Wir gehen nachher in mein Lieblingsrestaurant. Ich … Nein, wir laden dich ein! Doris war dieses Mal auf Zack.

Ich habe indische Reistafel bestellt, sagte Monika, ich hoffe, ihr habt Hunger. Indische Reistafel – weißt du noch, Doris – gab's immer bei euch, wenn ich zu Besuch aus Amsterdam kam, mit allen Spezialitäten.

Ich habe Cashewnüsse geröstet und aufgepasst, dass der Reis nicht anbrennt, sagte Doris.

Drei Batavia-Leute, eine Katze Batavia und ein kleines Mädchen, das beide Batavias liebte, sagte Monika, Batavia in Deutschland.

Du und mein Vater, begann Doris.

Dein Vater war ein prima Mensch, sagte Monika, ich habe mich immer gut mit ihm verstanden.

Aber ... Doris unterbrach sich.

Morgen fahren wir an der Küste entlang, halten an den schönsten Stellen und erzählen von früher, auch ganz früher, als es dich noch nicht gab. Einverstanden? Jetzt gehen wir los, sonst brennt der Reis an, sagte Monika.

Sie verschwand mit Rollator auf der Toilette.

Doris griff sich das Manuskript von Monika.

Das lese ich heute Nacht, sagte sie zu Peter.

Tu, was du nicht lassen kannst, sagte Peter.

Später ließ Doris nicht ab von der indischen Reistafel. So gut, so vielseitig wie in alten Zeiten. Sie war so satt – ich mag kein Blatt mehr. Trotzdem las sie in der Nacht das Buch von Monika und hatte deswegen nur drei Stunden geschlafen.

Am Morgen fuhren sie zum Frühstück an den Strand. Wintersonne wärmte die Oberfläche der ruhigen See und vielleicht auch die Neuseeländer, die in ihren Wintermänteln auf der Terrasse des Cafes saßen.

Draußen oder drinnen?, fragte Monika.

Draußen, sagte Peter und holte Jacken, Mäntel und Mützen aus dem Auto. Doris zog Jacke und Mantel an, steckte die Mütze in ihre Handtasche. Sie musste wach bleiben und einen kühlen Kopf bewahren.

Monika, mein Vater war Spion für die Deutschen in Batavia

von Anfang 39 bis zu seiner Internierung.

Monika nippte am Kaffee und sagte nichts.

Monika, wusstest du das?

Nein.

Sag doch was, Monika, flüsterte Doris.

Er wird wohl seine Gründe gehabt haben.

Ja.

Und du hast alles gründlich recherchiert!

Ja!

Ich möchte wissen, was du fühlst, sagte Doris.

Nichts, sagte Monika.

Du bist doch sozusagen das Opfer, sagte Doris.

Ich habe mein Buch geschrieben, damit ist es vorbei. Monika aß ganz ruhig ihr Sandwich auf.

Aber er hat Hitler geholfen, eine Begründung für den Angriff auf Holland zu geben, und die Japaner waren seine Verbündeten.

Hitler hätte sowieso; und die Japaner hätten auch, in Niederländisch-Indien gab's viel Erdöl. Das brauchten die Japaner dringend.

Kanntest du meinen Vater schon 39/40?

Nein, erst seit 1951.

Monika klopfte ihre Jacke und ihre Hose ab. Brosamen fielen auf die Terrasse. Möwen kreisten über ihnen.

Auf was Süßes hätte ich noch Lust!, sagte sie. Peter stand auf.

Ich hole dir ein Stück Kuchen, sagte er. Doris trank ihren kalten Kaffee in einem Zug. Monika blinzelte der Wintersonne entgegen.

Doris sah am Meeressaum entlang, kniff die Augen

zusammen, um der weißen Schaumlinie lange folgen zu können. Dann setzte sie ihre Brille ab, sah auf ihr noch nicht angerührtes Sandwich und sagte: Was ich so schlimm finde ist, dass er seinen Freund, seine Freunde verraten hat.

Du kannst verzeihen, wenn du verstehst, wenn du dich in ihn hineinversetzen kannst. Das kannst du doch?

Ja, ich versteh's irgendwie.

Bei den Japanern im Camp war alles schwierig zu verstehen, ihre Motive, ihre Denkweise waren fremd. Ich habe immer versucht zu verstehen und zu verzeihen – verzeihen später – und ich lebe. Dein Vater saß zwischen den Stühlen. Auch das kann ich verstehen. Wir saßen auch zwischen den Stühlen. Bei Kriegsbeginn mit Holland war meine Mutter plötzlich wieder die Deutsche. Wir mussten weg aus Batavia auf die Farm im Dschungel. Als die Japaner kamen, versuchte Mutter die Deutsche zu sein, also die Verbündete von Japan. Ja, es hat uns ein paar Monate Camp erspart, am Anfang. Aber letztendlich waren wir Holländer und weiß.

Monika krümelte wieder lose Teile des Kuchenstücks, das Peter gebracht hatte, über ihre Jacke und ihre Hose. Dieses Mal würden sich die Möwen bis ganz nah herantrauen, sie alle drei genau beobachten und dann zupicken. Doris rührte sich nicht. Der leichte Wind kühlte ihr Gesicht. Peter streckte die Beine von sich und trank seinen dritten Kaffee. Automotoren wurden aufgedreht, lachende Leute kamen auf dem Strandweg in ihre Richtung. Geht nach Hause, dachte Doris.

Kennst du Generalmajor Reek?

Monika sah auf, drehte ihren Körper mühsam in Doris' Richtung, hieb mit der Hand auf den Tisch: Nein, aber seinen

Sohn, den habe ich ungefähr 1954 in Amsterdam wieder-
gesehen. Das war schön, wäre beinahe was draus geworden.

Sie lachte in sich hinein: Schade, schade.

Ich glaube, dass Reek-Vater derjenige war, der meinem Vater
und mir, der kleinen Doris, die Tür vor der Nase zuschlug,
einmal, vielleicht mehrmals, weil er wusste oder meinen Vater
in Verdacht hatte, dass der ihn ausspioniert hatte, sagte Doris.
Sie sah auf Monikas Hand auf dem Tisch.

Monikas Hand schlug auf ihre Schulter, einmal, mehrmals
und dann in schnellem Rhythmus: Na so was, na so was!

Peter zog die Beine an, starrte Monika an. Doris rückte samt
Sessel von Monika weg.

Ja was denn?, fragte Doris.

Sein Sohn, mein Beinahe-Freund, hat mir erzählt, dass
sein Vater nach dem Krieg sehr sehr komisch geworden war.
Er hat jedem – Doris, hörst du – jedem die Tür vor der Nase
zugeschlagen. Er sagte sogar, sein Vater wäre – welches Wort
hat er gebraucht? – übergeschnappt, ja übergeschnappt hat er
gesagt.

Doris machte die Augen zu. Sie war im Auge des Tornados.
Sie spürte nichts. Keinen Lufthauch. Nur das Nichts. Sie
atmete flach, versuchte dann tiefer zu atmen. Im Nichts liefen
Bilder: Sie und Monika: batsch, Tür zu; sie und ihre Mutter:
batsch, Tür zu; sie allein: batsch, Tür zu: ein Bettler: batsch,
Tür zu; ein Angestellter der Gemeinde: batsch, batsch, batsch.
Doris stand auf, zog ihren Mantel aus, ihre Jacke auch. Wie
die Wärme nach einem guten Wein, genauso lief etwas durch
die Adern und ihrem Gehirn wurde gesendet: Kein Täterkind,
kein Täterkind, hier vor der Tür gibt's keine Täter. Opferkind

zu sein ist ein schönes Gefühl, dachte Doris, macht wach und glücklich, und der ewig redende Kreisel im Gehirn ist ruhig und friedlich.

Peter sagte: Zieh deine Sachen wieder an, wir gehen am Meer entlang.

Monika nickte: Geht ruhig, ich bestelle mir noch was.

Doris drehte sich am Ende der Terrasse noch mal um: Monika, weißt du, warum Generalmajor Reek übergeschnappt ist?

Hab ich natürlich auch gefragt, aber sein Sohn wusste es nicht oder wollte es mir nicht erzählen.

Doris balancierte genau auf dem Saum des Wassers. Ihre Schuhe wurden nass. Sie setzte ihre Mütze auf. Peter sagte nichts dazu.

Sag doch mal was, sagte Doris zu ihm.

Ungern, sagte er.

Ich bin durcheinander, du musst für mich denken, sagte Doris.

Also, wir spekulieren jetzt, warum er übergeschnappt ist, sagte Peter.

Japanisches Camp in Burma, Eisenbahnbau für die Japaner, sagte Doris.

Die Kapitulation von Niederländisch-Indien musste er wohl unterzeichnen: Schande? Vorwürfe?, sagte Peter.

Er hat herausgefunden, dass sein Freund seine ihm anvertrauten Gedanken und Briefe weitergegeben hat und fühlt sich schuldig, dass er das nicht gemerkt hat, sagte Doris, und lehnt alle Menschen als potentielle Verräter ab. Die Holländer halten ihn für einen Verräter, weil er mit einem deutschen Spion befreundet war, sagte Peter.

Die kurze Leichtigkeit der Glieder war verschwunden; wieder dieses ganz und gar schuldige Täterkind sah seinen Vater an, wollte Antworten, die er auch nicht geben konnte.

Doris setzte sich auf den trockenen Sand, ließ die Körner zwischen ihren Fingern durchgleiten.

Ich bin so müde, sagte sie, einmal fahre ich nur noch mit wenig Gewicht im Fahrstuhl nach oben, und dann sause ich mit viel Gewicht nach unten. Einmal lächle ich vor Türen um mein Leben und ein paar Augenblicke später weiß ich, dass die schwarzen Lackschuhe mit den blütenweißen Kniestrümpfen hier lächerlich sind.

Ich glaube, ich verstehe dich, sagte Peter, ich glaube.

Beim Gespräch mit Monika gerade war's so: Ich habe zu mir gesagt: Lauf den Plattenweg zurück und schrei Mutti entgegen: Das macht er bei jedem, nicht nur bei Vati und mir. Und jetzt stellen wir wieder alles in Frage und ich weiß nichts.

Doris legte sich auf den Bauch, vergrub ihr Gesicht in der Armbeuge.

Ich kann nicht mehr mal weinen, so müde bin ich, sagte sie.

Peter kraulte ihren Nacken. Sie schwiegen.

Das Meer plätscherte, die Möwen kreischten, die Sonne war kalt. Peter blies seinen warmen Atem unter ihren Haaransatz.

Monika hat doch was von den *hot spots* erzählt, 20 km nördlich von hier. Heiße Thermalquellen, die am Strand bis an die Oberfläche kommen. Da können wir uns wärmen, sagte Peter.

Er zog Doris hoch, sie musste sich bei ihm einhaken.

Monika fütterte Möwen auf, unter, neben dem Tisch.

Du und ich, sagte sie und stützte sich mühsam auf ihren

Rollator, wir sind die Letzten in unseren Familien, wir können nichts mehr weiterschieben in die nächste Generation, wir gehen ran, nach innen, und durch; wir lösen selbst.

Doris sah sie mit gerunzelter Stirn an.

Wir fahren jetzt zu den *hot spots* am Strand, ja, es ist jetzt Ebbe, dann geht's, und du überlegst dir, wie dein Vater durch dich seine – wie soll ich's sagen – Verfehlungen wiedergutmachen wollte, sagte Monika.

Wiedergutmachen?

Ja, die Welt wieder irgendwie in Ordnung bringen, sagte Monika.

Doris sah zu, wie Monika ihre mit selbst gesponnenem Garn selbst gestrickte Wolljacke zuknöpfte, sich erhob und flott ihren Rollator aufs Auto zuschob.

Peter, fahr du, sagte Doris. Ich habe Forschungsaufträge. Von Monika. Für Doris. Müdigkeit ade.

Du, die Deutsche und sie, die Holländer. Geh daran, sagte Monika, ich bleibe im Auto, lese das Buch von Connie Palmen.

Nicht die Finger verbrennen, rief sie ihnen noch nach.

Doris und Peter zogen sich hinter einem großen Stein um. Sie fühlten im Sand nach der richtigen Stelle für ihre Zweier-Badewanne – nicht zu nahe an der heißen Thermalquelle – und gruben mit ihren Händen ihren eigenen *hot spot*.

Natur-Whirlpool im Freien am Meer, murmelte Peter. Doris schnurrte. Neben Peter. Ihrem *Noggerman*.

Sie sah es wieder vor sich:

Er hatte ihren Blick auf sein Eis gesehen, aufgehört zu lecken und ihr sein Nogger-Eis hingehalten: Bitteschön! Sie hatte ihren Kopf ziemlich weit nach oben gehoben um ihn zu erfassen: Adlernase im schmalen Gesicht, kurze, mittelblonde Haare, breite Schultern und ein Lächeln mit vielen Fältchen um die Augen, Fältchen, die sich bis zu den Ohren zogen. Sie hatte sein Nogger-Eis mit seinem Speichel dran unter seinem Blick zu Ende geschleckt. Er hatte sich auf die nächste Parkbank gesetzt, den Platz neben sich mit der Hand gerieben bis sie neben ihm saß und alles klar war.

Aber über Vater, Wiedergutmachung, Wiedergutmachung über mich, bewusste, unbewusste Aufträge, das meint sie wohl, soll ich nachdenken, dachte Doris. Peter war deutsch, durch und durch deutsch: Faust und die Balladen, alles auswendig. Also weiter zurück. Vor Peter. Zu Kees.

Kees und Doris, Doris und Kees. Ein lila Kostüm, schwarze Lackschuhe, eine weiße Handtasche überm linken Unterarm, ein Strauß gelber Rosen mit Zittergras in der anderen Hand, keine Hand frei für Kees im hellblauen Anzug mit lila Krawatte, läuft sowieso immer voraus, zeigt auf seine Uhr, sieht sich aber nicht um zum Tross: baldiger Schwiegervater und zweite Frau, Vati und Mutti, Elisabeth und Dieter. Vati verliert den Anschluss, bleibt zurück, Mutti zieht ihn nicht, Elisabeth und Dieter überholen. 300 Meter vielleicht noch. Bis zum Standesamt. Rotterdam. Kees bleibt endlich stehen. Doris nimmt den Rosenstrauß in die Handtaschenhand und hakt sich bei Kees ein. Zweierreihen bilden sich, die gläsernen Türen gehen auf. Die deutsch-holländische Gesellschaft tritt ein. Breite Marmortreppen führen zur richtigen Tür. Zu früh. Die Väter setzen sich auf die lange Bank vor der Tür und unterhalten sich angeregt. Vati bestens gelaunt mit beiden Händen, baldiger Schwiegervater lächelt. Vati mustert Kees.

Er mag ja Kees, murmelte Doris.

Was sagst du?, fragte Peter.

Doris richtete sich in der selbst gegrabenen Badewanne auf.

Er mochte Kees doch, er hatte nur Angst, seine Tochter zu verlieren. An einen anderen Mann!

Das Übliche, sagte Peter, leg dich wieder hin, sonst wird's zu kalt.

Sie gruben sich mit ihren Händen noch tiefer in den Sand. Wärmeres Wasser strömte ein und umhüllte ihre Körper. Sie fassten sich an den Händen.

Ich konnte mich erst scheiden lassen, als mein Vater tot war, sagte Doris.

KEES

Ich konnte mich erst scheiden lassen, als mein Vater tot war, sagte Doris zu Monika, als Peter und sie zum Auto zurückkamen.

Das Buch von Connie Palmen ist gut, sagte Monika, hast du mein Buch gelesen?

Ja, in einem durch!

Ist mein Buch Literatur?, fragte Monika.

Ja, du gehst so gründlich in die Tiefe, dass es weh tut, aber auch befreit. Das ist Literatur, auch wenn du nicht die Ich-Form nimmst.

Ich nehme dich beim Wort: Durch die Tiefe zur Befreiung. Also, warum konntest du dich erst nach dem Tod deines Vaters von deinem holländischen Mann scheiden lassen?, fragte Monika.

Wir mussten die Welt retten, er ging in Holland in die Politik, ich in Deutschland. Er wurde Bürgermeister, ich nichts als einfaches Parteimitglied in Deutschland und in Holland. Wir haben nicht die Welt gerettet, nicht mal die deutsch-holländische Ehe. Zwischen Ehe-Ausführung und Welt-in-Ordnung-Bringen klaffte es gewaltig. Nach dem Tod meines Vaters musste nichts Holländisch-Deutsches mehr zusammengehalten werden, sagte Doris.

Verstehe, sagte Monika.

Wirklich?, fragte Doris.

Ja, sagte Monika, erzähle mir dann doch mal was von deinem holländischen Schwiegervater. Aber zuerst fahren wir in eine *fish-and-chips*-Bude hier in der Nähe.

Doris schüttelte sich inwendig. Fett, Fett, Fett. Aber sie würde Monika jeden Wunsch erfüllen. Ach ja, die Blumen musste sie noch kaufen. Andere Leute können das auch: In die Vergangenheit eintauchen und trotzdem auf einen Blumenladen, ein Gartencenter achten, dachte sie.

Sie fuhren los Richtung *fish and chips*. Monika redete vorne mit Peter.

Für morgen schlage ich eine Fahrt nach White Island vor, sagte Monika, hoffentlich ist die See ruhiger als heute, sonst fahren sie nicht aus. Die letzten Meter könnt ihr dann ohne mich mit dem Guide auf einem Schlauchboot übersetzen; die Vulkaninsel ist aktiv, Schwefeldämpfe nehmen euch die Luft, ihr bekommt Gasmasken.

Doris hielt die Luft an. Gasmasken. Weiteratmen, dachte sie. Sie drückte ihre heiße Stirn auf die kühle hintere Autoscheibe neben sich. Monika erzählte weiter vom White Island, hellgelber Schwefel, weißer Dampf. Peter fuhr mit der immer gleichen Geschwindigkeit auf der geraden Straße. Doris schloss die Augen. Mein Schwiegervater, gleich muss ich was von ihm erzählen, dachte sie, ich weiß, das ist es, ich weiß nicht, ob ich's erzählen kann; so, so wie's war. Sie rieb leicht mit der Stirn über die Scheibe. Alles war da in ihrem Gedächtnis: Sie und ihr Schwiegervater. Mit ihm unterwegs. Damals. Das erste Mal.

Aber sie war nur widerwillig mitgekommen. Sie wusste ja nicht, was die von ihr wussten. Sie würde nichts sagen. Das wäre das Beste. Ernst aussehen, Hände schütteln, leicht mit dem Kopf nicken, auf keinen Fall etwas sagen, schnell weitergehen, nicht zu schnell. Vor der Eingangstür hatte sie ihre Kostümjacke zugeknöpft und war hinter ihrem Schwiegervater eingetreten. Rauch überall, Männer in Gruppen, stehend, alte Männer, nur Männer, Männer mit Stock, Männer mit Kaffeetassen in der Hand, Stimmen, überall Stimmen, holländisch nicht deutsch, natürlich. Es ist besser, wenn du mitgehst, hatte Schwiegervater irgendwann gesagt. Für wen? Für ihn, dachte sie noch, und schon steuerte Schwiegervater auf den ersten Mann zu, der allein am Fenster stand. Krumm stand der da. Seine Hand stützte schwer auf einem Stock.

Mijnheer Geertsen! *Mijn schoondochter*!, sagte Schwiegervater.

Mijnheer Geertsen drehte sich um. Tick, tick machten seine Augen. Tick, tick, Pause, tick. Augenfarbe grau. Tick. Oder blau. Tick. Weiß er? Tick. Natürlich weiß er. Tick. Jetzt kein deutsches Wort, gar nichts. Tick. Einfach weitergehen, dann hört es einfach auf. Tick. Vielleicht. Tick. Nein, es sitzt schon fest drin. Tick, tick. Jemandem länger als zwei Sekunden in die Augen gucken ist feindselig, hatte sie gelesen. Erst jetzt sah sie die ausgestreckte Hand. Hände schütteln, das würde ihn beruhigen, dachte sie. Sie streckte ihre rechte Hand aus. Sie blieb ausgestreckt im Raum zwischen ihnen hängen. Eine 4, eine 5, eine 8, noch mehr Zahlen verdeckt. Der linke Ärmel ganz kurz hochgerutscht und schon wieder unten. Schnell die rechte Hand fassen und drücken, nicht hochgucken, kein tick, tick ansehen müssen, einfach weitergehen.

Guten Tag, sagte Mijnheer Geertsen.

Aufsehen, tick. Zur Seite sehen, tick noch in den Augenwinkeln.

Leben Sie gern in Holland?, fragte Mijnheer Geertsen.

Astreines Deutsch. In Auschwitz gelernt? Die wollen doch nie mehr deutsch hören, hatte sie gelesen.

Ja!, sagte sie.

Tick, tick.

Ja, sehr gern, sagte sie.

Tick. Er lächelte mit dem Mund in das Ticktick hinein. Eindeutig blaue Augen, sogar freundlich.

Ich bin ein Nachkriegskind, er weiß es, dachte sie, drehte sich langsam weg, steuerte auf die Tür zu. Raus hier, raus.

Aussteigen, rief Monika. Doris blinzelte, erkannte sie wieder, wusste: Peter, Monika, Neuseeland.

Wir sind da, rief Monika. Bei den besten *fish and chips* Neuseelands.

Sie gingen in das einfache Holzhaus hinein, setzten sich auf die wackligen Stühle und bestellten das für alle übliche Mahl.

Nun, sagte Monika, erzähl.

Mein holländischer Schwiegervater war Direktor der Stiftung für die Opfer des Nationalsozialismus, und ich bin oft mit ihm zu den Treffen mitgegangen. Ich bin als Deutsche nie angefeindet worden, wie ich es anfangs erwartet hatte. Ich bin eigentlich ganz gern hingegangen, ich wurde herumgereicht und beäugt. Ich habe mich mit allen unterhalten. Über den Krieg, die Besatzung, die Judenverfolgung haben wir nie geredet bei diesen Treffen.

Und dein Vater?, fragte Monika.

Tüten mit gebackenem Fisch und fetttriefenden Pommes

frites breiteten sich auf den Brettern des Holztisches aus. Monika riss ihre Tüte sofort auf, salzte nach, schmatzte, leckte ihre Finger.

Los Leute, rein ins Vergnügen, rief sie.

Meinem Vater habe ich von den Treffen erzählt. Es interessierte ihn, was da alles geredet wurde, sagte Doris.

Sie konnte nichts essen. Ab und zu packte sie ein Pommes-frites-Stäbchen und aß es. Peter arbeitet seine Portion langsam ab und widmete sich dann Doris' Portion. Monika orderte eine weitere Tüte *chips*.

Haben dein Vater und dein Schwiegervater über den Krieg geredet?, fragte Monika und wischte sich den Mund und die Finger gründlich mit mehreren weißen Papierservietten ab.

Ich weiß es nicht, sagte Doris, ich habe immer versucht, nicht hinzuhören, wenn sie in die Nähe dieses Themas kamen.

Wusstest du, wusstet ihr, du und dein Vater von den Kriegs- und den Besatzungserlebnissen deines Schwiegervaters?, fragte Monika.

Ja, er hat ein Buch darüber geschrieben, sagte Doris.

Drei Pepsi, und drei Eis am Stiel, rief Monika in den Raum.

Pepsi ist gut gegen den Fettgeruch, dachte Doris, und mein Eis esse ich jetzt selber. Sie stieß Peter an, als er schon zugreifen wollte.

Ach, schick mir doch ein Buch deines Schwiegervaters, sagte Monika.

Ehemaligen Schwiegervaters, sagte Doris.

Ein Buch deines ehemaligen Schwiegervaters, sagte Monika

Ich habe keins mehr, leider, sagte Doris.

Peter räumte alle Reste vom Tisch und zwängte sie in den

eigentlich schon vollen Abfalleimer.

Kinder, war das gut, rief Monika, findet ihr das nicht auch?

Peter und Doris nickten.

Die Dunkelheit umfasste schon das Imbiss-Holzhäuschen. Andere Gäste kamen und gingen. Autoreifen quietschten vor der Tür. Glühbirnen schienen auf die Tische. Wenn ab und zu Stille war, konnte man das Meer rauschen hören.

Hast du das Buch deines ehemaligen Schwiegervaters gelesen?, fragte Monika.

Ja, sagte Doris, ich habe beim Binden geholfen, ich habe die Fehlexemplare aussortiert, ich habe die Bücher an ihre Bestimmungsorte gefahren. Mit Kees zusammen. Da hatten wir wieder eine gemeinsame Aufgabe.

Und dein Vater, wusste er das alles?

Ja, er hat auch ein Buch bekommen und gelesen. Er fand das Buch gut, hat er mir gesagt. Mein ehemaliger Schwiegervater hat über seine Zeit im Widerstand und seine Zeit in Gestapo-haft geschrieben.

Findest du es gut, wenn wir immer von Doris' erster Ehe sprechen?, fragte Monika Peter.

Ich höre zu, sagte Peter.

Noch einen Kaffee?, fragte Monika.

Der Lärmpegel war in dem Schuppen gestiegen.

Doris war als einzige nicht für Kaffee zu haben.

Kees und du und Wiedergutmachung, fällt dir da was ein?, fragte Monika.

Doris seufzte.

Kees und ich waren jedes Jahr beim nationalen Toten-gedenken am 4. Mai dabei und bei den Feierlichkeiten zum

Befreiungstag am 5. Mai.

Und noch mehr?

Kees und ich kennen alle Kriegsgräberstätten der Alliierten in Holland.

Noch mehr?

Kees und ich waren auch im grenzüberschreitenden Freundschaftsclub Holland-Deutschland.

Noch mehr?

Ich liebe Holländisch, bin in Rechtschreibung sehr gut. Ich interessiere mich für die Rechtschreibreformen und die Lautverschiebungen. Ich lese. Ich mache Examina nur so zum Spaß. Aber die Aussprache ist nicht umwerfend.

Noch mehr?

Im Augenblick weiß ich nicht mehr, sagte Doris, mein Gehirn ist blockiert, mein Gefühl, da ist im Augenblick nichts.

Eine Hand von Monika, eine Hand von Peter tätschelten Doris' Unterarme.

Wir fahren zu mir bzw. ins Hotel, sagte Monika.

Am nächsten Morgen kam Monika mit Rollator zu ihnen ins Hotel.

Los geht's, sie fahren aus, auch wenn's stürmisch ist, rief sie Doris und Peter entgegen.

Sie gingen zu Fuß zum Pier. Monika trällerte ein Lied. Doris dachte daran, dass sie doch nicht so seetüchtig ist. Und dann noch im Schlauchboot. Das letzte Stück.

Der Kapitän des Ausflugsbootes kam auf Monika zu und empfahl ihr, nicht mitzufahren. Zu stürmisch. Monika richtete sich auf, stützte sich schwer auf ihren Rollator, sah den Kapitän streng an und sagte: Ich fahre mit. Ich habe bezahlt.

Sie flüsterte Doris zu: Ich habe das japanische Camp überlebt, da werde ich doch noch den Kapitän und das Meer bezwingen. Fasst mich bitte unter den Achseln an und los, egal was der Kapitän sagt.

Doris und Peter fassten sofort zu, hievten Monika aufs Schiff, kümmerten sich nicht um den Protest des Kapitäns, Peter holte den Rollator nach.

Monika saß zwischen ihnen als das Boot die Wellenkämme querte und sagte: Ich liebe die See. Je unruhiger umso spannender. Ganz magenunempfindlich bin ich nicht. Aber ich bin glücklich.

Doris hielt die Insel im Auge. Das ist zu schaffen, dachte sie.

Wenn ihr aufs Schlauchboot geht, immer schön ducken, nie aufrecht stehen und auf dem Polster sitzend weitergleiten, sagte Monika.

Der Dampfvorhang öffnete sich. Vor Doris lag eine Mondlandschaft mit hellgelben, manchmal auch orange-gelben Farbflächen – als wären Eimer mit Farbe ausgekippt worden. Aus dem Erdinnern grollte es, weißer Wasserdampf mit vulkanischen Gasen trat überall aus.

Helm auf! Maske in die Hand. Bevor jemand hustet, muss er schon die Maske aufgesetzt haben. Der Guide sah streng aus.

Der Wind drehte. Alle zogen schnell die Atemmasken auf. Das ging doch ganz leicht, dachte Doris, keine solchen Kriegsfilm-Masken.

Die Weltraumexpedition zog im Gänsemarsch zwischen gelben Schwefelblumen mit weißer Dusche dazwischen hinter dem Guide her. Atmen geht gut, dachte Doris, so könnte ich stundenlang gehen, aber hoffentlich wird's am Kraterrand nicht so steil.

Atemmaske ab, an, ab, an. Stecken Sie ihren Finger bitte hier in das heiße Wasser. Ich mach alles mit, Peter auch. Gruppenfoto, natürlich, mit Atemmaske, dann ohne. Die Wirklichkeit ist nur hier, dachte Doris, ich würde gerne hier bleiben. Die Überreste des Schwefelabbaus störten sie. Rostige Geräte, Loren, Zahnräder, Steinwände. Ums Eck tatsächlich Leben auf dem Mond: eine Tölpelkolonie.

Prima hier, sagte Peter. Auch später zu Monika auf dem Ausflugsboot. Monika hieb beide kräftig auf den Rücken.

Früher war ich auch so gern auf White Island; und jetzt bestellen wir uns was zu essen und zu trinken, sagte sie.

Ach schwarze Aschenblumen hätte ich ihr brechen sollen, aber ich nehme an, das ist alles verboten, dachte Doris.

Die unruhige See hatte sich beruhigt, die Sonne schien und Neuseeland war gar nicht mehr fremd.

In Monikas kleinem grauen Holzhäuschen nahm Peter sich das schiefe Hängeregal für Bücher vor. Er fand Hammer und Nägel in Monikas Werkzeugkiste unterm Bett und schlug dann auf die dünne Wand zum Schlafzimmer ein.

Das Hämmern übertönte die leise jazzige Musik des Radios. Monika beobachtete die Fortschritte der Hämmerei.

Peter hat mir Lichtalleen zum Haus gebaut, meine Lieblingsplätze im Garten mit indischen Lampen beleuchtet, das Haus mit verschieden starken Lampen in ein Märchenschloss verwandelt. Aber ich muss sofort die Unterschiede sehen, wenn er den Lichteinfall etwas verändert, uiijui, sonst kommt ein langer Arbeitsstopp. Er kann dir Elektroleitungen legen, wenn du willst, Lampen dimmen, Außenlampen und

Gartenlampen anbringen. Soll er das morgen machen?, fragte Doris.

Ich würde lieber etwas mit euch unternehmen, ihr seid doch so kurz da!

Das Hämmern wurde nicht weniger. Ungleichmäßiger. Präzisionsarbeit.

Und Kees? War das auch ein Hämmerer? Monika beugte sich etwas vor.

Ja, ein noch viel größerer! Doris rieb mit dem Mittelfinger über die Unebenheiten ihrer Gesichtshaut.

Aber wo ist sein Meisterwerk? – Wahrscheinlich mehr oder weniger verrottet in der Bauernscheune. Er hatte – sie presste die Lippen zusammen, runzelte die Stirn, öffnete dann die Lippen schmatzend – ein Verkündigungsgestell gebaut für unser kleines Auto. Unproportional hoch war das Ding, hielt sich aber gut, auch bei Fahrtwind. Kees und ich haben Wahlplakate draufgeklebt und gehämmert, auch Plakate von Hilfsorganisationen, viel: sozial, viel: Frieden, viel: Solidarität stand überall drauf.

Doris klopfte im Takt von Peters Hämmern auf ihre Oberschenkel.

Mein Vater fand das jetzt alles nicht so überwältigend wie wir. Er sagte: Du bist Beamtin und sollst dich bei politischen Aussagen mäßigen. Aber Kees und ich, immer im Mittelpunkt mit lauter guten Botschaften. Wir müssen den Leuten die bessere Welt in die Köpfe hämmern, auch das habe ich gesagt. Doris kratzte am Kopf.

Monika beugte sich ihr noch etwas mehr zu.

Monika, sagte Doris und rückte ihr samt Sessel näher,

Sprüche halten nicht warm und Verkündigungsgestelle wirken irgendwann mal lächerlich.

Monika nickte und setzte sich gerade hin. Peter machte sich an den anderen Regalen und Lampen zu schaffen. Er schaute zu ihnen hin, wollte etwas fragen, tat es dann doch nicht.

Monika, ich hab mich mit Fantasien warm gehalten, sagte Doris, und ich habe gleichzeitig wieder gut gemacht. Ich habe jahrelang beinahe jeden Tag Juden gerettet. Immer dasselbe Prozedere, höchstens mit kleinen Abwandlungen.

Peter hämmerte. Doris sagte nichts mehr. Monika machte das Radio lauter, lehnte ihren Kopf an die hohe Lehne des Sessels und sah nach oben zur Decke. Die Dunkelheit war draußen.

Doris versuchte an ihre Fantasien heranzukommen. Die immer so gut taten, mal langsam, mal schneller abliefen, immer spannend, immer erfolgreich. Immer.

Ja, da war dieses Gefühl, erst noch das Vorgefühl des Gleitens, dann das große Gefühl, das jeden Abend alle Beteiligten rettete. Auch sie.

Eigentlich müsste es hier total dunkel sein, aber so geht's auf jeden Fall: Augen zu, rechten Daumen in den Mund, Zeigefinger in den inneren Augenwinkel, Zehen, Beine lockern. Auch das Gehirn.

Ja, ich bin jetzt in einer Amtsstube der deutschen Besatzungsmacht in 's Hertogenbosch, 1942. Ich, die deutsche Dolmetscherin. Der Widerstandskämpfer sitzt ruhig mit gesenktem Kopf. Solange ich dabei sitze und übersetze, werden sie – die da in ihren Uniformen – ihn nicht anfassen. Sie sind jetzt zur Beratung nach oben gegangen. Gleich wird's für ihn gefährlich. Jetzt! Er muss jetzt meinen Zettel lesen. Die Informationen in Druckbuchstaben, perfektes Niederländisch. Von mir. Dann muss er mich anschauen. Er muss mir vertrauen, mir – bis jetzt immer noch so eine in deutscher Uniform. Er muss, sonst sind die versteckten Juden verloren. Ein Zettel mit Informationen ist nicht vertrauenswürdig, ein Zettel ist nicht ein Blick von Augen zu Augen.

Er wartet, schaut auf den Boden. Oben sind die Schritte der Herren beim Herumgehen zu hören. Er steckt den Zettel schnell in den Mund, speichelt ihn ein und schluckt und noch einmal. Er hat verstanden. Ich stehe auf, drehe den Schlüssel zum Vernehmungsraum im Keller im Schloss herum, sehe zurück auf regungslose Schultern und auf ungekämmtes rotblondes Haar. Ich ziehe die Tür zweimal kurz hintereinander – das Zeichen – hinter mir zu und lasse dann einen mannsbreiten Spalt zurück. Er wird die Bauern mit den versteckten Juden in den Scheunen warnen. Wird er? Kein Blick, kein Vertrauen.

Es könnte ja eine Falle sein um alle Juden aufzuspüren, alle Bauern zu packen, die Juden verstecken. Es ist seine Entscheidung, wenn er mir in frühestens einer Minute – wie auf dem Zettel stand – durch den Keller über den Hinterhof ins Freie, den nächsten Hinterhof, folgen wird.

Heute Nacht, Punkt 24.00 Uhr gibt's eine Razzia rund um die Stadt auf allen Bauernhöfen.

Wir haben noch zu wenige Juden für den nächsten Transport, hatte Obermüller vor zwei Stunden erklärt.

Sie können alle in den Keller draußen in meinem Haus über das Wäldchen von hinten rein, da sind sie sicher. Bei mir wird keiner suchen. Das wird er doch verstehen, der rotblonde

Widerstandskämpfer. Ich habe mich auf mein Gefühl verlassen. Ich werde dem allem nicht noch einmal total hilflos gegenüberstehen. Ich musste was tun. Der Rotblonde muss mir auch helfen, die Verbindung zur Rettungslinie für englische Fallschirmspringer herzustellen. Habe ich aufgeschrieben auf den Zettel, ich muss einen Namen, einen Ort erfahren. Dann können alle Verfolgten von Bauernhof zu Bauernhof über zwei Fluchtlinien nach Spanien oder in die Schweiz geführt werden. Ich muss das schaffen, ich habe keine Kontakte, und der Rotblonde muss auch untertauchen.

Ich werde morgen alles zu einer Unachtsamkeit meinerseits erklären. Mir wird nichts passieren, weil der Rotblonde weg ist. Ich bin gut, in der Partei, auf Linie, mein Vater ist ein Freund von Hitler.

Ich kann jetzt nichts mehr tun bis Mitternacht. Doch, mir überlegen, wie ich unauffällig an Lebensmittel komme und an Ausweise. Hoffentlich sind keine schreienden kleinen Kinder dabei. Und wenn, ich rette alle.

Doris dehnte sich noch einmal wohlig in Monikas Sessel, das Herz schlug gleichmäßig.

Vielleicht würde sie Peter einmal von ihren jahrelangen Fantasien erzählen. Die sie wunderbarerweise auch heute noch aufrufen konnte.

Aber jetzt wollte sie nur noch ins Hotelbett. Monika schnarchte trotz oder wegen des Hämmerns in ihrem Sessel.

Peter, vielleicht kannst du morgen weitermachen, sagte Doris.

Gleich fertig! Guck mal! Regale gerade, Bücher gerade! Lampen in Ordnung. Peter streifte seine Handflächen aneinander ab.

Monika war aufgewacht.

Morgen ist der Lady Knox-Gletscher dran. Holt ihr mich um 9.00 Uhr ab?

Wir müssen wirklich pünktlich losfahren, sagte Doris zu Peter, als sie in der Dunkelheit auf der Straße zum Hotel gingen.

Wir müssen übrigens auf der anderen Seite gehen, sagte sie.

Sie wechselten die Straßenseite. Kein Auto weit und breit.

Warum so pünktlich? Ich seh's dir an, auch wenn's dunkel ist, du weißt wieder alles, hast alles gelesen. Spuck's aus, sagte Peter.

Seife rein, vor aller Augen, dann pünktlich 10.15 Uhr Geysir raus.

Aha, ein künstlicher Geysir!

Nein, er spuckt auch von selbst. Nicht so oft, alle 48 Stunden ungefähr. Ich habe aber nichts dagegen, dass er um 10.15 Uhr auf Kernseifenbefehl hochgeht. Die Gefangenen früher dort im Lager haben's auch so gemacht: Mit Seife macht Wäsche waschen erst richtigen Geysir-Spaß.

Wieso Lady Knox? Ich wette, das weißt du auch. Mit dir wetten ist eigentlich sinnlos.

Lady Knox, die Tochter des Gouverneurs, hat sich nicht für die Gefangenen interessiert, sondern nur für den Geysir. So was Blödes steht im Reiseführer. Jedenfalls heißt er nach ihr – interessehalber. Der einzige Geysir mit englischem Namen, alle anderen haben Maori-Namen.

In der verbesserten Auflage des Reiseführers wird er dann einen neuen Namen haben. Peter verzog den Mund.

Doris antwortete nicht. Sie zog den Reißverschluss ihrer Jacke hoch bis zum Kinn.

Wie lange ist die Zeitspanne zwischen Seife rein und

Eruption?, fragte Peter.

Ein paar Minuten wahrscheinlich.

Peter blieb plötzlich stehen, hielt den Kopf schräg, sah in die Ferne.

Was würde jetzt in dir wie Kernseife wirken?

Doris blieb auch stehen, öffnete den Mund, ließ ihn offen, kniff die Augen zusammen, sagte dann: Gedanken an Kees, ja, Gefühle, die mit Kees zu tun haben.

Sie suchte den Orion am Sternenhimmel.

Guck, da ist er, der umgekehrte Orion. Damals hatte ich nur die Sterne. Ich bin stundenlang draußen gestanden, vor der Küchentür, hab mich nicht getraut gegen die Tür zu poltern, wollte auch Kees nicht bitten mich reinzulassen. Und die Nachbarn hätten's auch gehört.

Sie standen auf Höhe des letzten Wohnhauses des Ortes. Kein Licht in den Häusern. Doris seufzte.

Erzähl von vorne, sagte Peter.

Ich weiß nicht, was vorher war. Ich weiß nur noch den Tritt von Kees. Von hinten! Auf meinen Hintern! Er hat nicht wehgetan. Totalbetäubung, Körper und Geist. Er hat mich am Oberarm gepackt. Er hat mich hinter sich hergeschleppt durchs Wohnzimmer, den Gang, die Küche. In den Garten hinten. Er hat mich dann losgelassen, hat die Küchentür abgeschlossen und ist im Haus verschwunden. Und ich habe gewartet. Vor der Tür. Oben der Große Wagen. Unten der Pommes frites-Geruch von den Nachbarn. Ich habe auf die Eruption gewartet. Dass ich mich trauen würde zu schreien, zu drohen, gegen die Tür zu poltern. Nix. Etwas ging nur bis unter den Kehlkopf. Dort stopften Steinbrocken mit eingeritzter Botschaft: Du darfst nicht!

Willst du jetzt schreien?

Doris sah sich um. Na, die vom Hotel könnten mich doch hören.

Aber morgen bei der auch künstlich eingeleiteten Eruption könntest du doch brüllen. Peter packte Doris' Oberarme.

Ja was? Schimpfwörter zwischen all den Leuten, das geht doch nicht.

Na, wie wär's mit: Nie wieder! Frei, frei oder was dir sonst spontan in den Sinn kommt. Kurze Wörter.

Peter gab sie frei. Doris ging langsam weiter, behielt den Orion im Blick. Sie spielte am Reißverschluss der Jacke herum.

Mach ich, sagte sie zum umgekehrten Orion mit dem Schwert. Sie hakte sich bei Peter ein, als sie auf das erleuchtete Hotel zugingen.

Ich juchze bei der Eruption ganz laut, sagte Peter.

Der Ranger schüttete am nächsten Morgen um 10.07 Uhr aus einem Eimer mit langem Stiel Seife in den Lady Knox-Krater. Um 10.15 Uhr schrie Doris mit den vielen Touristen mit. Neben ihr johlte Peter. Aber nur sie schrie: Tür auf, du Schwein. Und der Geysir zischte laut und lange. Peter sah Doris an, ließ den rechten Daumen aus der geballten Faust nach oben schnellen, schüttelte den Unterarm dabei und lachte. Doris stieß ihn mit dem Ellbogen an.

Monika sah geradeaus. Sie hatte nichts mitbekommen, vermutete Doris.

Ich bin schon so lange nicht mehr hier gewesen, sagte Monika. Tut mir gut.

Sie schob ihren Rollator Richtung Parkplatz.

Ihr seid mein Jungbrunnen, sagte sie, als nächstes fahren wir zum Champagnerpool.

Sie ließ den Rollator vier Mal hopsen und klatschte dazu in die Hände.

Ich bleibe im Restaurant am Eingang des Nationalparks, sagte Monika, ihr geht ungefähr eine halbe Stunde, dann seid ihr am Champagnerpool. Schlammpools unterwegs, Sinterterrassen, alles da. Aber es geht nichts über den Champagnerpool.

Monika winkte kurz und verschwand im Restaurant.

Wenn der Champagner perlt, muss die Kehle ganz frei sein, sagte Peter. Eine halbe Stunde kannst du noch etwas ausspucken.

Doris ging langsam, sah auf die Bretter des Holzstegs unter ihr. Grauer brodelnder Schlamm rechts und links, ein hässliches schmatzendes Glucksen, noch eins, noch ein satteres. Lauter Froschkönige schieben ihre graue Kugel nach oben, dachte Doris, und fallen wieder mit Kugel in den Brunnen zurück.

Prinzessin, sagte Peter, Kehle frei für perlenden Champagner?

Schau, die gräulichen Froschkönige hier. Ich küsse nie mehr einen Froschkönig in Vaters Auftrag. Der Prinz, der raus kam, war nur außen ein Prinz, innen glitschig, nichts zum Festhalten, sagte Doris.

Sie starrte auf die glibberige Teigmasse.

Märchenstunde vorbei, jetzt zur konkreten deutsch-holländischen Beziehung, sagte sie. Also der deutsch-holländische Dialog, dargestellt von mir mit einer hohen und einer tiefen Stimme:

Hohe Stimme: Vielleicht noch eine Chance?

Tiefe Stimme: Hmm, na ja, weiß nicht.

Hohe Stimme: Ehetherapie?

Tiefe Stimme: Weiß nicht, hmm, weiß nicht, weiß nicht.

Hohe Stimme: Ein Gespräch mit mir?

Tiefe Stimme: Weiß nicht, weiß nicht.

Dialog-Ende für immer, eine normale Stimme: Gott sei Dank sagst du nie: Weiß nicht.

Peter lächelte.

Der Geruch von faulen Eiern wehte auf sie zu.

Und Schweißfüße hast du auch nicht, sagte Doris.

Da hab ich aber Glück gehabt, sagte Peter.

Und du hörst richtig zu! Und du freust dich über meine Geschenke!

Du überlegst auch lange, was mir gefallen würde.

Sie folgten dem Weg auf die Anhöhe. Sie setzten sich auf die Bank unter dem Sonnendach. Doris hob die Beine hoch auf die Bank, legte ihren Kopf in Peters Schoß.

Vor langer Zeit, am letzten gemeinsamen Tag ihrer ersten Ehe lag Kees auf dem Sofa auf ihrem Lieblingskissen, das mit den rot-orangen Punkten. Er hatte die Hände hinter dem Kopf verschränkt, die Augen geschlossen, die Füße hingen locker über den Rand des Sofas hinaus. Sie drückte sich seitlich an die Lehne des Sessels und starrte auf seine Augenlider. Es dämmerte. Sie konnte nur noch mit Mühe seine Wimpern erkennen.

Ich wollte kein Kind, weil ich gedacht habe: Wenn ich sterbe, bekommt es bei dir zu wenig Liebe.

Keine Wimper zuckte. Sie beugte sich vor: Hörst du mir zu?

Die Dunkelheit hatte den Raum erfasst. Die rot-orangen Punkte auf dem Kissen wurden grau. Hm, brummte es von dort.

Wir haben vielleicht noch eine Chance. Gehst du mit mir zur Ehetherapie?

Weiß nicht.

Seine Augenlider zitterten leicht. Oder bildete sie sich das nur ein?

Ja oder nein?

Weiß nicht.

Sie setzte sich aufrecht in den Sessel, beide Füße hielten Bodenkontakt.

Mach gefälligst die Augen auf, wenn ich mit dir spreche.

Er öffnete die Augen, sah an ihr vorbei in die matte Helligkeit der Straßenlaterne draußen. Er sagte nichts.

Unsere Beziehung, sagte sie.

Er sagte nichts. Seine Füße wippten hin und her. Ein leichter Fußgeruch kam bei ihr an.

Schweigen im Dunkeln. So würde es immer weitergehen.

Setz dich wenigstens hin, schau mich an!

Er erhob sich unendlich langsam, verschränkte die Hände wieder hinter dem Kopf und lehnte die Hände mit dem Kopf an die Wand.

Was willst du?

Ehetherapie!

Weiß nicht.

Sie wusste plötzlich, sein Schweißgeruch war unerträglich. An einem weiteren Weiß nicht würde sie ersticken. Raus hier. Einfach nur raus. Die Tür zuschlagen.

Sie schnellte hoch.

Du hast geschlafen, sagte Peter.

Champagnerperlen, sagte Doris, ich will Champagnerperlen.

Nichts und niemand würde je wieder Champagnerperlen im Keim ersticken.

Sie gingen über Holzbohlen weiter, Hand in Hand. Heilige Wasser der Maoris.

Da war er: Der Wind blies die Dampfwolken zur Seite: Grün-blaues Wasser mit breitem orangem Rand im riesigen Swimmingpool.

Sie näherten sich dem niedrigen Geländer um den Pool, Verbotsschilder überall: durchgestrichene Beine.

Die Fieberbläschen kamen aus der Tiefe, wurden größer, noch größer und platzten, knatterten dabei. Sie mussten lauter reden.

Guck mal, gelbe, blaue, beinahe lila Krusten.

Geh raus aus dem Dampf!

Können wir uns das auch ohne Fotoapparat merken?

Sie versuchten das Schmatzen, Blubbern, Knallen mit ihren Mündern nachzumachen. Sie fassten sich an den Händen und lachten.

Gleich trinken wir mit Monika echten Champagner im Restaurant, sagte Doris, zum Abschied. Von vielem.

Ich nehme das holländische Manuskript mit, prostete sie Monika zu, als vor allem sie beide die Flasche Champagner austranken.

Um die halbe Erde und schwupps durchs 20. Jahrhundert, sagte Doris.

Wenn du möchtest, sagte Monika.

Batavia gehört nach Deutschland, Batavia gehört nach Holland, Batavia gehört mir, sagte Doris.

Auf der Fahrt zu Monikas Häuschen kauften sie endlich Blumen: Peter einen dicken Strauß Proteas, Doris rote Tulpen.

Ich werfe sie nicht weg. Auch, wenn sie welken und zu Boden rieseln und die Vermieterin mich ausschimpft, sagte Monika.

TÜREN

Doris ging den langen Gang in der Universität auf die zweitletzte Tür zu. Graue Linoleumplatten, schwarze Ritzen. Rechts und links Türen mit Zahlen und Namen. Die Ledertasche mit den Büchern hielt sie fest an ihren Leib gedrückt. Sie klopfte beim Sekretariat Niederlandistik. Die Sekretärin verwies sie auf die Stühle im Vorraum von Professor Ruiter.

Er wird Sie hereinbitten.

Doris setzte sich auf den ersten Stuhl in der Nähe von Ruiters Tür. Die schwere Tasche mit den Büchern stellte sie auf den zweiten Stuhl. Gleich würde die Tür aufgehen. Na ja, vielleicht nicht so gleich. Irgendwann würde vielleicht erst jemand herauskommen und dann er.

Doris horchte auf ihren Herzschlag. Sie rieb ihren Rücken an der Stuhllehne. Schweiß, dann Jucken? Sie sah auf ihre Unterarme hinab. Ihre Haut war trocken. Viele Leberflecken – wie Vater. Sie mochte ihre Haut. In ihrer Haut war sie allein, andere Häute mit oder ohne Leberflecken, Muttermalen, Schweiß waren außerhalb.

Sie richtete sich im Sitzen auf, sah auf die Tür.

Da könnte doch mal jemand rauskommen, dachte sie.

Professor Ruiter hatte sie im Internet gesucht und gefunden: Arie Ruiter, Professor für Niederlandistik und Geschichte, Seminar: Vergangenheitsbewältigung in den Niederlanden und in Deutschland. Ein Vergleich.

Arie Ruiter war viel jünger als sie erwartet hatte. Er hatte sympathische Augen, ein schmales Gesicht, eine Brille – kaum merklich, kurze dunkelblonde Haare ohne Scheitel. Geboren in Rotterdam.

Die Tür bewegte sich nicht.

Doris dachte an Peter, als der sie ausgelacht hatte. Vor drei Monaten. Frankfurt Flughafen.

Schlag mir doch einfach mal die Tür vor der Nase zu. Ohne, dass ich dich sehe. So aus heiterem Himmel, hatte sie gesagt.

Du spinnst, hatte Peter gegrunzt. Ich weiß, was du willst. Aber du wärst ab jetzt immer auf dem Quivive. Du würdest nichts erreichen.

Hm, hatte sie gesagt, und sie waren weiter durch sich von selbst öffnende Türen gegangen.

Hast du nicht was Vernünftiges für uns zu tun?, hatte er gefragt.

Ja, hatte sie gesagt und geschluckt, sein Lachen geschluckt. Monikas holländisches Manuskript zum Buch werden lassen, hatte sie gesagt.

Computerberatung und wahrscheinlich die ganze Arbeit mit dem Computer übernehme ich, hatte Peter gesagt.

Doris griff neben sich, strich über das Leder der Tasche.

Da drin, ganz viele. Für Professor Ruiter und seine Studenten. Wenn er doch nur endlich die Tür aufmachen würde.

Da, die Tür ging mit einem Ruck auf. Professor Ruiter, noch sympathischer als auf dem Foto, groß, Augen wach, ganz leichtes Lächeln, hellblaues Hemd unter blauem Sakko. Ohne Brille.

Er legte den Kopf etwas schief. *U wilt mij spreken?*

Doris sprang auf, streckte ihm die Hand entgegen, drehte sich dann um, um ihre Ledertasche am Griff zu fassen.

Ich bin Deutsche, sagte sie.

Er machte die Tür weit auf.

Kommen Sie, setzen Sie sich. Ich habe Zeit.

Monika hat nicht mehr viel Zeit, dachte Doris, sie wird 85. Ich habe Zeit. Er hat Zeit.

Doris holte ein Buch aus ihrer Tasche und legte es auf den Tisch zwischen ihnen. Sie las laut vor: *De Lucht Is Weer Opgeklaard* von Monika Dennenbos-Oudedorp.

Professor Ruiter nahm das Buch in seine Hand.

Meine holländische Kusine, sagte Doris, japanisches Camp als junge Frau überlebt, 60 Jahre später dieses Buch über das Camp und die Verarbeitung des Geschehens. Zeichnungen von ihrer Schwester Christina Smith-Oudedorp.

Professor Ruiter sah sie an, seine jungen Augen wurden älter.

Und Sie? Als Deutsche?, fragte er.

Ich habe das Buch herausgegeben, und ich bringe es unter die Leute.

Seine Augen wurden noch aufmerksamer. Seine Fingerkuppen trafen sich, entfernten sich, immer schneller.

Ich lese mal rein, sagte er.

Ja, sagte Doris.

Nach einer langen Viertelstunde sagte er: Ja!

Ja!, sagte Doris.

Professor Ruiter lief zu seinem Schreibtisch, zu den offenen Notizbüchern, den Plänen.

Wir machen da was draus, sagte er. Das ist einen Versuch wert.

Er blätterte in seinen Unterlagen.

Doris holte die restlichen Bücher aus ihrer Ledertasche und legte sie gestapelt neben das erste Exemplar.

Für Sie und Ihre Studenten, sagte sie.

Nächsten Dienstag, 10.30 Uhr, sagte er, Sie stellen das Buch vor.

Er streckte Doris seine Hand entgegen.

Ich freue mich auf unsere Zusammenarbeit, sagte er.

Doris trat in den Flur hinaus, die leichte Tasche wippte mit ihren Schritten mit. Sie ging den langen Flur entlang mit den vielen Türen. Sie blieb stehen, stellte die Tasche an die Wand, verlagerte ihr Gewicht auf den linken Fuß, hob den rechten und sprang auf die Linoleumplatte vor ihr:

Ba – Zwischenhopser,

dann sprang sie auf die nächste Platte:

ta – Zwischenhopser,

dann sprang sie auf die nächste Platte:

vi – Zwischenhopser,

und dann sprang sie mit beiden Füßen gleichzeitig auf die nächsten nebeneinander liegenden Platten und schrie dieses Mal ganz laut: a.

Und jetzt? Hinkelkästchen 6, 7, 8, 9.

Nie-der-län-disch-In-di-en ist zu lang.

In-do-ne-si-en falsch.

Deutsch-land: Ein Flamingobein, anderes Flamingobein, beide Füße: ja.

Drehung und jetzt zurück. Wieder auf Professor Ruiters Tür zu. Vergangenheitsbewältigung in Deutschland, das auch, auch im Seminar, ja natürlich.

Doris stockte, sah auf ihre Schuhe, schwarze Lackschuhe.

Sie drehte sich um, rannte den Flur entlang.

Schreib, Doris, schreib: Batavia – Deutschland.

GLOSSAR

Batavia: Frühere Hauptstadt von Niederländisch-Indien, heute Jakarta, Hauptstadt von Indonesien

Flamboyant-Baum: Schattenbaum mit leuchtendroten Blüten und langen Hülsenfrüchten

Sarong: Wickeltuch-Rock

Kabaja: Bluse mit langen Ärmeln

Durian: Kokosnussgroße stachlige Frucht, die gut schmeckt, aber intensiv riecht

Kabok: Pflanzendaunen aus den Früchten des Kabok-Baumes, Pappelflaum vergleichbar

Buitenzorg (übersetzt: Sorglos): Stadt auf Java, heute: Bogor

Canaris: Leiter des Militär-Geheimdienstes

NS-Lehrerbund: Nationalsozialistischer Lehrerbund, eine Nebenorganisation der NSDAP: der Nationalsozialistischen Deutschen Arbeiterpartei

Drenthe: Provinz in den Niederlanden

CVJM: Christlicher Verein Junger Männer

v. Bodelschwinghsche Anstalten Bethel: Diakonische Einrichtung für Menschen mit Behinderungen

Bekennende Kirche: Oppositionsbewegung innerhalb der evangelischen Kirche gegen die Gleichschaltung von christlicher Lehre und nationalsozialistischem Gedankengut

Pg.: Parteigenosse

Persilschein: Durch Aussagen von Opfern könnten mutmaßliche Nazis bei der Entnazifizierung nach dem Krieg entlastet werden (weiße Weste)

Gestapo: Geheime Staatspolizei während der Zeit des Nationalsozialismus

Geysir: Eine heiße Quelle, die ihr Wasser in regelmäßigen oder unregelmäßigen Fontänen ausstößt